En la zona

Seix Barral Biblioteca Breve

Juan José Saer
En la zona
1957-1960

Diseño de colección:
Josep Bagà Associats

© 1960, 2003, Juan José Saer

Derechos exclusivos de edición
en castellano reservados para
América del Sur
© 2003, Grupo Editorial Planeta S.A.I.C. / Seix Barral
Independencia 1668, C1100ABQ, Buenos Aires

1ª edición: 2.000 ejemplares

ISBN 950-731-312-5

Impreso en Industria Gráfica Argentina,
Gral. Fructuoso Rivera 1066, Capital Federal,
en el mes de agosto de 2003.

Hecho el depósito que indica la ley 11.723
Impreso en la Argentina

Dos palabras

Estos cuentos han sido escritos entre los años 1957 y 1960. El método varía del primero al último yendo de la invención pura, de pretensión simbólica, hasta la mera selección de hechos cotidianos. He procurado lograr en todos ellos un mínimo nivel rítmico y verbal admisible como literatura. Algunos son inéditos y otros han aparecido en diarios argentinos en el transcurso de los últimos tres años. La generosa aunque inesperada decisión editorial de publicarlos me ha permitido reunirlos rápidamente en un volumen.

Para todo escritor en actividad la mitad de un libro suyo recién escrito es una estratificación definitiva, completa, y la otra mitad permanece inconclusa y moldeable, erguida hacia el futuro en una receptividad dinámica de la que depende su consumación. Si ante un libro suyo incompleto un escritor muere o se dedica a otra cosa, era que en realidad ya no le quedaba nada por decir y su visión del mundo era incompleta. La esencia del arte responde en cierta manera a esa idea de consumación, y de ahí la precariedad, el riesgo sin medida de la aventura creadora.

El presente libro puede ser, para cualquier lector agudo, el mero catálogo involuntario de mis preferencias como lector. Curándome en salud, alego que en esa agonía incesante por adecuar la realidad a su expresión verbal correspondiente que es la literatura, la búsqueda del escritor riguroso y lúcido es dolorosa y permanente, y que si bien su deber es aproximarse lo más posible a lo que él considera la perfección, postergar etapas para publicar en ese instante

7

inalcanzable sería, en nuestro país y dadas las condiciones de nuestra cultura, un alarde canallesco.

Los argentinos somos realistas, incrédulos. A caballo sobre nuestra indefinición y nuestra condición posible, aspirar a la inmortalidad y a la grandeza clásica serían modos triviales de un romanticismo que no nos cuadra. Nuestra ambigüedad y nuestro desorden adolescente existen, y nuestra condición posible no es más que la posible transformación de ese desorden por medio de una fuerte conciencia práctica y de una invencible "prepotencia de trabajo".

De ahí que este libro no sea perfecto, y tal vez ni siquiera necesario. Desechado como literatura, baste decir que como ética no es más que el enfrentamiento personal con la parte que me corresponde en este Gran Desorden. Claro que, como dijo André Gide, los buenos sentimientos tal vez no sirvan más que para hacer mala literatura.

JUAN JOSÉ SAER
Santa Fe, agosto de 1960

PRIMERA PARTE

ZONA DEL PUERTO

Si él hubiera advertido que a pesar de su pálida voz, su indubitable aspecto de ruina consciente, sus manos cortas y voraces y frías, la neblina esparcida de sus ojos, el miedo a veces como relámpago y a veces como secreta vibración que lo poblaba; que a pesar, también y al fin de cuentas, de su intermitente rogar y reconocer y administrar con aparente justicia nosotros no íbamos a ceder, nosotros íbamos a cumplir con alta y reglamentada exactitud la finalidad que perseguíamos; si él hubiera sabido que la Chola no estaba del todo convencida de la eficacia del protectorado que él, a veces con desenvoltura y sencillez y a veces con ampulosidad le prodigaba, y que tarde o temprano ella iba a caer en tentación de reanudar la vida fuerte y libre; si hubiera sabido además y al fin de cuentas que no sólo la Chola sino que cualquiera que necesita vida fuerte y libertad, entrega por ese beneficio sin mucho remordimiento lo más que pueda tener al alcance de la mano; si él hubiera sabido entre otras cosas y con particular importancia que un código es un código y que cuando viene de afuera debe acatarse y avalarse si se lo acepta y destruirse y levantar otro sobre sus escombros si se lo denigra o combate; que si alguien es capaz de elaborar su propio código lo debe hacer con miras a auspiciarlo se trate en caso de vida o muerte, de pérdida o de ganancia cabales y responsables; si hubiera sabido, además y al fin de cuentas, la sana y auténtica intención que traíamos nosotros, que no vamos ahora a pretender pasar por santos, pero que sí tenemos dignidad y entereza y valor, sobre todo valor, y que sin el menor empacho de una forma de vida pasamos a otra y adoptamos por ley la condena del arrepentimiento y del remordimiento y creemos, como otro cree en Dios o en la política, que un acto es una cosa muy seria, como quien salta de la dársena al buque en movimiento, sabiendo ya que dársena y buque se ordenan en distinto tiempo, y que lo que para uno es final para otro es principio, y con todo no se arrepiente; si él hubiera sabido que lo que se dice debe tener un mínimo de coincidencia con lo que se hace, porque de otra manera cada palabra se convierte en un instrumento destinado a sonar y que no suena, en un oído ensordecido perpetuamente, en una cosa parecida a tener el impermeable en la tintorería un día de lluvia; si hubiera sabido además y al fin de cuentas que cada uno en sí lleva la culpa de lo que le pasa y que achacar a los de afuera es una cosa fea y hasta de bajo sentimiento, y que si bien nadie con ocupación permanente busca el perjuicio de los demás, procurando el provecho propio debe sacrificar los provechos ajenos, y que cuando existe pugna de necesidades va a salir gananciosa la que esté protegida por más fe; si él hubiera sabido entre otras cosas que al final todo lo que sucede tarde o temprano llega a saberse (así como supo *él* todo lo que no sabía, así como lo supo casi en un chispazo, en un segundo que fue a la vez latigazo y relámpago y además crepitar intermitente y en paulatino silenciamiento), que la gente sólo hace cosas aptas para ser sabidas, y que las está sabiendo aun antes de saberlas, porque su modalidad consiste justamente en vivir sabiendo sin saber y haciendo al mismo tiempo que cree que no hace o que, simplemente, hace una cosa distinta; si él hubiera sabido que desde la puerta al mostrador no hay más de cinco metros, y que el hueco de la puerta permite a dos pararse con facilidad de movimiento, y que Atilio es un tipo rencoroso, y que una vez miró la caderita dura y fina de la Chola y me golpeó en el codo mirándome a su vez con su extraña mirada de ángel y melancólica; si hubiera sabido además y al fin de cuentas que Atilio, a

pesar de su voracidad y su rencor y su tan comentado to-
márselas de La Plata y Mendoza, de Córdoba y Buenos Aires, es un tipo derecho y tenaz, derecho en su tenacidad y tenaz en su rectitud, y para él las cosas tienen un solo color y
es el color que se ha establecido en acuerdos comunes; si él
hubiera sabido que las cosas de cada uno las arregla cada
uno y que entre Atilio y yo los dos juntos somos cada uno y
que entre Atilio y él yo me quedo toda la vida con Atilio; si
él hubiera, para su provecho, sabido que todas las cosas tienen arreglo y que liquidar a un sujeto también es un arreglo lícito, y que antes que la indiferencia y el desorden son
preferibles el castigo y la reforma y que es mejor respirar que
pudrirse y tener el cuerpo intacto que el cuerpo agujereado;
si él hubiera sabido, además y al fin de cuentas, que desde
cinco metros de distancia se revienta un mate de un tiro hasta por casualidad y que si en vez de un mate se trata de una
persona, y para colmo ancha, se le puede reventar no ya por
casualidad, sino que hasta pensando en otra cosa y que el
que está en un sitio no puede estar en otro, y que el que está en un sitio a salvo no puede estar en otro a tiro; si hubiera sabido que cada cosa admite una cosa contraria que in-
vierte sus propiedades de lo que resulta que estando en un
sitio a tiro no se puede estar en un sitio a salvo; y si, por fin,
hubiera sabido que lo que se levantó de igual modo se des-
morona y que lo que parece perfecto es sólo perfecto en relación a su crecimiento y no lo es respecto de su decadencia, y que cuando la decadencia de una cosa comienza a
crecer y a crecer entonces ahoga y destruye su antigua perfección, con lo que se quiere decir que si la Chola antes fue
parte de su perfección luego pasó a ser parte de su decadencia, y que si Atilio sin moverse era parte de su victoria, Atilio en movimiento era parte de su derrota, y que si yo con la
mano en el bolsillo era su natural sostenimiento, yo con
la mano al aire levantando cuidadosamente un objeto pesado y temible era su perdición, y que lo que él dijo o hizo con
anterioridad a ese suceso era sólo un elástico que retrocedía

a su longitud natural y le lastimaba las manos, entonces él no habría, primero, permitido que la Chola prefiriera a su compañía la vida fuerte y libre; segundo, que Atilio creyese que toda la vida fuerte y libre era su patrimonio; tercero, que yo diese la razón a Atilio; cuarto, que la Chola y Atilio se solazaran en compañía y a sus espaldas; quinto, que el comisario de la Sexta se enterara de quién era en realidad y dónde residía durante el último tiempo Atilio; sexto, que Atilio se enterara por cuál vía se enteró el comisario de la Sexta de su identidad y alojamiento; séptimo, que Atilio lo madrugara en la preparación de todas las cosas: porque si él hubiera sabido todo eso y hubiera, además, sabido que el cajón del mostrador no debe cerrarse nunca con llave sobre todo si ahí hay un revólver que no sólo sirve para matar por matar sino que también sirve para defenderse, entonces ahora que nosotros corremos, pero ya aminoramos el paso y caminamos casi naturalmente en medio de la noche, porque hemos preparado los testigos y entre nosotros una palabra que se dio no se retira, entonces ahora no estaría allá abajo, detrás del mostrador, allá abajo estirado y tibio, húmedo sin haber sido mojado, allá abajo con diez cosas distintas de su carne en su carne, sin frío ni calor, solo y definido para siempre, sin posible repetición de su persona por mucho que se estire el desarrollo general, insensible y adverso de los días.

FUEGO PARA RIVAROLA

Así, de esa manera como él era, con esa forma de ser que poseía, a veces evidenciando una fe superior a cualquier negligencia de la suerte, muy a menudo solitario y con frecuencia similar árido, cruel y desconsiderado, crédulo hasta la más profunda raíz de la necesidad de conocer, también voraz (algunas veces) y también serio y extraño (algunas veces), con gestos y exageraciones de persona que teme y se esfuerza en alentarse a sí misma, pretencioso y vano cuando se conversaba acerca de su oficio, con la perfecta y modelada creencia de que en ese sentido lo que él hacía siempre estaba bien hecho desde el punto de vista de la técnica y de la moral, y que nadie podía hacerlo mejor, y que si alguno –sin que hubiese lugar a dudas– lograba hacerlo mejor, esa presunta perfección era una cabriola del azar, ya que con seguridad no había querido (el que lo había hecho) hacer eso sino otra cosa, y lo que había resultado había resultado no por obra de su eficiencia (eficiencia o método), sino porque lo que está constituido naturalmente para ser va a ser, y lo que está por ser utiliza en aras de sus fines todas las cosas, aquellas que auspician su existencia y las que, por preferir una existencia distinta y tal vez contradictoria, tratan de interrumpir su crecimiento deliberada o inocentemente; así, del modo como él era, Olga sabía que amarlo, si en otras podía significar algo sucio e incorrecto, en su caso, y por tratarse de él, era algo sano y legal, quizás (esto no sabía Olga si lo había pensado ella o se lo había escuchado comentar a él) superior al resto de las relaciones entre hombres y mujeres, superior a la de Atilio con la Chola, que vejaron con un acto innombrable al Tucumano, despojándolo de la afición a respirar y de cada uno de los posibles entremezclados de su porvenir; quizá superior también a la de la Chola con el Tucumano (antes de aquella vejación), cuando estos dos se sentaban en sillas bajas en el patio, a la tarde, antes de abrir el café (bah, café), con el que disimulaban un tráfico execrable, a conversar melancólicos acerca del mejor de todos los negocios: el negocio de retirarse. Superior a todos esos juegos displicentes y escasos de pasión y de obsesión, en los que cada protagonista se desplazaba más exhibiendo lo que no tenía, que con la ansiedad mordedora por cumplir cada posible forma de ser, en los que cada uno actuaba cediendo una cosa necesaria para recibir algo superfluo, como en el caso de Atilio, que cedió la muerte o la vida del Tucumano para recibir el interés transitorio de la Chola, que no se casa con nadie, que cada vez más demuestra que no le interesan los hombres por lo que tienen de fuertes, sino por esa fina lonja de debilidad que siempre, por muy valerosos, por muy aguantadores que sean, permanece latente dentro de ellos y los hace aptos para dominarlos y derrumbarlos en cualquier momento; tan superior que ella lloriqueaba de orgullo y dicha al pensarlo, era lo que Olga (un poco vieja, con cuarenta o cuarenta y cinco años, disimulando ya en lo posible la blancura flácida y grasosa de su carne, con unos ojos temerosos y opacos) daba y recibía por y de Rivarola, que era alto, flaco, de unos cuarenta años, vestido siempre con un traje cruzado y oscuro, algo aniñado, y andaba el santo día vendiendo furtivamente cosas que desenterraba nadie sabe de dónde (relojes, lapiceras y ropas de nylon, en la zona del puerto, en las estaciones y en las oficinas públicas) y era mirado con cierto desprecio violento y vejador por la gente notable del ambiente (las casas públicas, los raídos cabarets provincianos, los lupanares disfrazados de pensiones baratas, cada una de las casas donde la luz permanece encendida hasta densas horas nocturnas en las habitaciones internas, refractada por un paño verde arañado de manos ávidas y cruzado interminablemente por unos naipes brillosos y lisos) por individuos como Atilio, que venía con fama de otras provincias, o el Negrito, un chico que había contribuido con cinco o seis de los diez balazos que lo demolieron al Tucumano, una criatura de veinte años, ceñido por la desdichada influencia de Atilio, de quien había aprendido sin esfuerzo a ser bicho y compadrón, o como la Chola, que si bien es cierto que no se casa con nadie, no es menos verdadero que acostumbra a arrimarse por lo general al que está casualmente más arriba; por todos ésos era menoscabado, por esa natural sociedad en la que el que está arriba tiene indefectiblemente apoyado su pie sobre la nuca del que está más abajo, donde el que se jerarquiza asume su jerarquía luego de una previa destrucción, donde el que reina cree que es posible que su reino no cese nunca, hasta que una irrupción fulgurante y hosca le arrebata cetro y corona y lo hunde en un foso de espirales fortuitas y deglutientes y permanece de pie sobre sus despojos estableciendo a su modo una nueva era de orígenes nefastos y culminación invariable.

Así como era Rivarola ella lo había amado, entre la blancura hiriente de viejas y lentas siestas de verano, durante quince otoños terrosos y azules, cernidos sobre el tiempo presente como un crimen sobre la deplorable conciencia que lo cometiera en el pasado.

Ahora, con la cara pequeña, la nariz afilada, pálido, Rivarola yacía estirado inmóvil sobre la cama, idéntico en esencia a la increíble multiplicidad de muertos que lo habían precedido, promoviendo sentimientos y sensaciones vulgares en Olga, sentimientos y sensaciones que ya se habían repetido en cada uno de los deudos de cada uno de los muertos precedentes; un Rivarola desvaído por la inagotable supremacía del silencio, y paulatinamente derruyéndose a raíz de una lenta maquinaria que lo abordaba con un roce ya encaminado a perpetuidad, que permanecería ineluctable ejerciendo el oficio horrendo y bárbaro de gestar un crecimiento con los despojos de una destrucción como un montículo de aserrín que se eleva a medida que un serrucho vibrante y poderoso provee de su muerte particular e infernal a un trozo de madera.

(Nunca puede saberse con exactitud qué es lo que ellos dejan de poseer después que les sucede lo intolerable: brazos y piernas tienen, y también ese rostro que uno amó o desechó, y aquellas finas y hondas estrías en las manos, y el pelo que uno solía acariciar en instantes menos aciagos; quizá lo primero que pierden es la eficacia de sus nombres propios y lo último el don externo de ser recordados: se diría que ni uno ni otro despojamiento es esencial, puesto que el nombre propio y la capacidad de ser recordados, son meras propiedades accidentales en las personas; seguramente lo cierto es que se les quita la facultad de moverse por sí mismos, la posibilidad de extender una línea de contacto con el resto del mundo por iniciativa personal, de ser capaces de admitir por sí solos una evidencia.)

Olga, sentada sobre la cama, lloraba y contemplaba aquella especie de ruina involuntaria. Inclinándose sobre el cuerpo espantó unas moscas húmedas y pesadas y le dijo:

—¿Viste, por atorrante? —le golpeó levemente la cara y se rió con una risita hueca y pérfida—: No, querido, se lo digo en broma.

La boca abierta de Rivarola era explorada por una mosca; Olga movió la mano en el aire para alejarla. Sobre el pecho del devastado, cuatro orificios habían vertido abundante sangre que ahora coagulaba en una sola mancha, ya azulada o negruzca o purpúrea. "Yo le di —pensaba Olga— todo lo que me pidió; yo se lo daba todo, lo que él quería de mí era suyo, y muchas veces le di hasta lo que no debía entregarle ni aunque me lo pidiera de rodillas." Lo que era de ella —meditaba trabajosamente Olga— y lo que no era de ella ni de nadie, es decir aquello que no debía darse porque hay un reglamento que no se sabe quién lo hizo ni se sabe cómo se hizo, que determina que no debe darse; eso que uno sabe sin pensar que jamás lo entregará y que cuando está por soltarlo todavía lo piensa indeciso, todavía está inquieto respecto de la legalidad de la entrega.

"Yo le dije anoche que no fuera, que no se metiera donde no debía, que los otros son crueles y prepotentes y hacen lo que quieren con uno; pero este sinvergüenza se me fue y ahora ahí lo tengo; de qué me sirve, con todo lo mío guardado bajo llave, que ni él ni yo podemos usarlo ya."

Olga sintió calor, se quitó el vestido y quedó en enaguas. "Y con esta calor", pensó. Caminaba desolada por la pieza, buscando algo en qué apoyar la vista y distraer la atención. Trataba de evitar el pensar que tendría que dar parte de la muerte de Rivarola a la policía. "No me van a dejar salir hasta que no cuente desde lo primero hasta lo último." Sobre la pared, un cuadrito representaba unos pinos nevados, enterrados en la nieve, sobre el declive de una sierra; en la parte inferior del dibujo, en letras de tipo gótico, se declaraba: "Invierno en Alemania". "Cuando salga, los otros se van a enterar de que yo hablé y me van a pegar hasta dejarme muerta." Se volvió y observó el cadáver sobre el lecho, inmóvil, pálido: "Y este zonzo después se va a podrir de pies a cabeza, en la fosa pública".

Se sentó y lloró. Luego salió al patio, tranquila aun en medio de ese caos terrible que nos transverbera cuando asumimos el conocimiento de una muerte inesperada. Pisó, entre unas plantas, el caliente suelo de tierra, con los pies descalzos. El patio era amplio, y tenía en el fondo unos canteros sembrados y a los costados de la entrada, unas cuantas macetas de malvones y helechos. En el centro había un claro, interrumpido por cierta silla de paja ocre y algunos papeles de diario. Olga tomó una escoba, retiró la silla y barrió rápidamente el claro. Luego regresó al dormitorio y se quedó de pie frente a la cama.

—Vení —le dijo a Rivarola.

Lo tomó por debajo de los sobacos y lentamente, len-

tamente, primero el torso y luego las piernas, hasta que los ta-
lones quedaron apoyados en el borde de la cama, lo fue
trayendo hasta el suelo. De ahí lo arrastró, lentamente, lentamente, hasta el cuarto de baño que, cruzando un pasillo
de mosaicos rojizos, se hallaba frente al dormitorio. Lo des-
nudó y lo bañó hablando sin cesar para sí o para él, repro-
chándole cuando el cuerpo resbalaba y se caía o riéndose
cuando adoptaba una posición ridícula; a ratos lloraba y se
le quejaba de que hubiese ido a meterse con los "grandes";
luego lo sacó, lo envolvió con una gran toalla celeste, y como pudo lo cargó sobre sus hombros y lo llevó hasta el dormitorio, dejándolo caer suavemente sobre la cama; entonces lo vistió, colocándole una buena camisa y haciéndole
con dificultad el nudo de la corbata; le lustró, además, los
zapatos; las heridas, lavadas, eran cuatro huecos sórdidos y
ensimismados; Rivarola había llegado a la madrugada, mo-
ribundo, hasta la casa; lo habían hecho recular a balazos y
cuando entró le dijo, llorando:

—Mirá, Olga, mirá lo que me hicieron.

Ahí cayó. Cuando los "grandes" vinieron, él estaba
muerto, hecho.

Después que terminó de vestirlo lo miró un largo rato,
absorta y matriarcal; luego fue y se bañó y regresó vistién-
dose en el dormitorio, apresurada, aunque deteniéndose de
vez en cuando para observar al consumado Rivarola. Se miró en el espejo, se pintó, se tiró el vestido desde la altura de
los muslos hacia abajo, se miró de costado. Luego lo alzó a
Rivarola y lo llevó hasta el medio del patio, agachándose para dejarlo caer cuidadosamente tratando de evitar que se es-
tropeara. Lo acomodó con rapidez, colocándole una mano
encima de la otra sobre el abdomen y se puso de pie dejándolo en esa posición; dio algunas vueltas sin finalidad alrededor del patio y luego fue a la cocina para regresar con esas
cosas execrables, aquellas cosas que no deseaba ver, pero que
sin salvación debía mirar para hacer uso de ellas. Las cosas
perdían en ese instante su esencia habitual. Otras veces ha-

brían prestado una utilidad corriente y beneficiosa, pero ahora se convertían en entidades horrendas, en medios inconscientes de una acción sombría e infausta. Vació la botella de nafta sobre el cuerpo; el fluido amarillo cayó en un chorro recto, chapoteando, sonoro como un bosque al arbitrio del viento, con el intermitente fluir de un río inacabable. Olga se sentía hondamente sola. Raspó distraída el fósforo sobre la arenilla de la caja, lo mantuvo encendido en el aire extático y luego lo dejó caer, sin mirar, sobre el cuerpo de Rivarola.

Entonces, algo así como una expresión reprimida, evidenciando una espera larga y animosa, un paciente aguardar que ya no aguantaba más, creció súbitamente en el aire, cada vez hasta más arriba, en innumerables llamas pequeñas y laterales que tendían a confluir en una central más grande. Claro. El fuego estaba esperándolo a Rivarola para cederle su propio movimiento, para elaborarlo a Rivarola de una manera insospechada. Ya se sabe cómo es el fuego: parece que le da forma y vida a las cosas, pero la verdad es que ese movimiento y esa forma son propios del fuego actuando sobre las cosas de manera que lo que parece que da a los cuerpos, lo cierto es que lo recibe de los cuerpos. Claro. De esa manera lo que se mueve es lo que provoca el movimiento y lo que provoca el movimiento es lo que se mueve, aunque en una relación casi indiferenciable, de modo que el fuego y el cuerpo que el fuego acomete, son lo mismo o por lo menos parece que son lo mismo. Claro. Aunque pensándolo bien, el fuego es solamente el cuerpo que acomete, porque de no existir aquel cuerpo, este fuego no existiría. La verdad es que no se sabe cómo describir el fuego o los cuerpos bajo su influjo, pero lo cierto es que las llamas crecían medio locas y muy voraces, crepitando y ondulándose, y Olga se separó de aquella hecatombe o de ese surgimiento, dando un paso primero hacia atrás y luego otro, y se quedó mirándolo desde allí con la gravedad abstraída de una contralto. En su cara se estaba originando el nacimiento de una acción, aunque por la ambigüedad del gesto, resultaba imposible determinar su naturaleza. Podía ser la resignación o la venganza. Por un principio sencillo de contradicción y de necesidad, sólo una de ellas era auténtica y valorable.

LOS MEDIOS INÚTILES

a Mario Medina

Ya estaba en funcionamiento la portentosa máquina, la ínfima máquina irrisoria, y ordenado el nuevo estilo de la violencia, los claroscuros restallantes o medularmente apagados del poder; todas las cosas eran ya propiedad de Atilio por superioridad de facultades para poseerlas y administrarlas: el mismo suelo donde el otro había caído requiriendo ser levantado, era pisado ahora por sus zapatos de dos colores (blancos en una mitad distribuida y negros en la otra y picados para mayor retórica); su crimen era arropado por el silencio y baste declarar que los medios de Atilio habían sido válidos y lo eran ya definitivamente porque desde el instante en que fueron utilizados, implicaron fundamentalmente una transformación irreversible; ustedes deberían comprender cómo miré el extraño objeto (un paquete en forma de prisma de ochenta centímetros de largo envuelto en papel madera, asegurado con doble hilo grueso y lacrado en los nudos y en las intersecciones) aquella mañana; lógico; era un hecho en el que yo no había pensado nunca y el haber ocurrido justo en ese momento en que me encontraba solo y como vacío, sentado con el mate en la mano, en ese segundo que ustedes deben haber experimentado seguramente y durante el cual uno puede apenas abrir y cerrar los ojos, demostrarse a sí mismo que está constituido por músculos y órganos y que su cuerpo desarrolla funciones concretas, ustedes comprenderán cuánto debieron asombrarme la presencia y la cara ambigua del mensajero de Correos y Telecomunicaciones que todo en menos de lo que tarda un tallador de eficiencia media en distribuir una mano de naipes me entregó la gran caja, la respetable caja, me puso un lápiz en la mano y me indicó el pie de un desvaído formulario amarillo para que firmara; después que se fue leí el envío comprobando que el paquete era para Atilio y lo enviaba Gregorio Francia desde Buenos Aires, y eso y el peso de la caja me bastaron para saber qué cosa contenía. La dejé nomás debajo del mostrador y todavía estuve mirándola un ratito a esa caja que en su inmovilidad podía expresar tanto y acerca de tantas cosas; piénsenlo bien ustedes y digan si no hay cosas que son verdaderamente un misterio y si no va de lo horroroso a lo estúpido el hecho de que una caja envuelta en papel madera pueda servir de estímulo para extraer o modificar el concepto que uno tiene de las personas y que tal consecuencia lo induzca a uno a agarrarse de las patas de las mesas, pegarle fuego a un edificio o largarse a reír hasta caer con el estómago hecho un trapo y el resto de las entrañas conturbadas. Pero después la fui olvidando y ya dejé de verla cuando la paulatina pesadez de la mañana me absorbió por completo y las otras personas y las otras cosas se convirtieron en una lejana referencia brumosa, apenas insinuada detrás de mil tules igualmente transparentes, inmóviles y sucesivos; ustedes lógicamente deben conocer esos momentos: el cuerpo de uno no parece ser el cuerpo de uno y mucho menos el modo de pensar que vaga por la cabeza es el propio y corriente; y aunque uno vive por lo general para cosas constantes y fuertes que le interesan, esas cosas en esos momentos dejan de pertenecerle o inquietarlo, y uno siente en esos instantes que durante todo el tiempo ha permanecido siendo otro y entonces puede observar lo que no es desde lo que es con una comodidad y una melancolía inverosímiles y uno ya no piensa sino que es pensado y considerado por otro que no es nadie más que el verdadero uno mismo y en un momento distinto y excepcionalmente esencial; es casi seguro que la mayoría de ustedes los conoce y conserva a esos claros segundos inolvidables en los que nada importa sino lo que se está siendo mientras se viaja en ellos, un ser profundo y luminoso sustraído a la caótica confluencia general de los sucesos que se encadenan y anudan ciñendo sin piedad la existencia hasta volvérsela a uno intolerable; nada más que durante esos segundos uno puede ser minucioso en todo lo que se refiera a su piel y a su carne y es una consecuencia de que son tan escasos y fugaces el hecho de que uno conozca tan poco de sí mismo. No voy a decir que en mí son numerosos, pero sí créanme si manifiesto que son frecuentes y que a veces sé ponerme a pensar en si no será ésa la causa por la cual mi palabra se respeta, si no será ése el motivo que los induce a todos a confiar ciegamente en mis proposiciones y en mis actos. Quién sabe si no es ésa la causa.

Vinieron todos a verla. Cada uno de los hombres que lo conocían de un modo amistoso a Atilio, concurrieron desfilando uno a uno o en grupos de dos o tres, durante el primero y el segundo día, a contemplarla con los ojos entrecerrados de admiración o de codicia y en general experimentando un sentimiento de nostalgia por no ser ellos Atilio para poder tocarla y utilizarla y explicar con pericia y satisfacción su funcionamiento. Llegaban como si hubiesen venido a otra cosa, casualmente a preguntar una nimiedad o a tomar una copa y se quedaban merodeando sin conversar acerca de nada importante por el pequeño bar que en vida había sido del Tucumano y que había pasado ahora a poder de Atilio y de la Chola; Atilio también se acercaba a ellos sin declarar abiertamente la intención de mostrársela, pero a la larga se abordaba un tema que sin duda alguna acabaría asociándose con ella y por fin Atilio miraba hacia todas partes y los invitaba a pasar adentro, a la abarrotada trastienda del bar, y allí la enseñaba. Los visitantes emitían un silbido súbito o bien juntaban el dedo pulgar y el medio por las yemas y agitando la mano golpeteaban el índice contra los otros dos para indicar con ese gesto que se sentían sencilla y rudamente deslumbrados.

Atilio la desarmaba pieza por pieza, con el mismo cuidado con que un coleccionista exhibe su adquisición más valiosa e iba indicando para qué servía cada una y de qué modo funcionaba en el conjunto; la conservaba en un estuche nuevo y de él la extraía y en él la guardaba con el mismo amor y con las mismas precauciones; siempre demoraba a propósito unos instantes antes de sacarla para hacer más profunda la expectativa y la guardaba con rapidez para que los demás no alcanzaran a verla demasiado bien en la última mirada, impidiendo de esa manera que se hicieran partícipes de una familiaridad que no le interesaba compartir con ellos. Lo cierto es que era hasta hermoso verlos durante aquellos días gravemente ansiosos por contemplarla e imaginar frente a su palpabilidad fría y pesada que ellos eran Atilio y les era posible utilizarla y explicar a terceros su funcionamiento.

Solamente un día después de que ya nadie o muy pocos vinieron, Atilio se aproximó a donde yo había estado, inmutable y casi sardónico, todo el tiempo; lo hizo caminando con decoroso disimulo. Existía una picazón remota, culebreaba o reverberaba sin franqueza pero absolutamente real, y Atilio la advertía en la piel, en su propia columna vertebral como a una pluma que, aunque casi imperceptible, no dejaba de ser persistente y molesta. Atilio era alto sin dejar de tener una estatura normal; delgado, oscuro, sus trajes eran a veces espectaculares y sus zapatos y corbatas lo eran siempre. Sin bigotes, aunque sombreada verdemente por una barba que nunca acababa de estar totalmente rasurada, su cara era flaca y honda, la nariz era dura y recta, los labios carnosos y estriados; los ojos te podían mirar treinta segundos hasta desmoronarte, hasta que te cayeras en pedazos, y todavía eran capaces, durante esos treinta segundos en que te estaban mirando, de observar lo que ocurría a los costados o atrás suyo. El pelo, morocho y brillante, era un mar encrespado, un agua como esculpida en mármol negro. Cuando hablaba movía las manos hacia afuera del cuerpo, y al terminar un párrafo las dejaba en la posición y altura en que las había encontrado el punto. Su voz era vagamente nasal y hablaba lentamente diseminando el sentido y el efecto de modulación de cada palabra en toda la frase a que pertenecía la palabra.

Se aproximó sólo cuando pudo acumular una cantidad suficiente de expresiones admirativas como para constituir un argumento. Yo estaba sentado con el mate, frío ya entre las manos, en una silla baja, en el patio vacío, a las siete de la tarde. Faltaba una hora todavía para que pudiera decirse que el proceso misterioso de la noche se había iniciado. El crepúsculo del veranito pausado y tranquilo reverberaba en gritos lejanos, en súbitos desgarrones de pesado silencio. Trajo a la rastra otra sillita, indolente, aburrido. Se sentó sin hablar, cruzó una pierna flaca sobre otra pierna flaca y comenzó a balancearla.

–¿Camina, el mate? –preguntó entonces mirándome, con la cabeza inclinada sobre el pecho, desde abajo hacia arriba.

–Está frío –respondí–. Hace rato.

Hizo un gesto lleno de ambigüedad, se removió en la silla, metió la mano en el bolsillo de su camisa de piel de tiburón, extrajo un paquete de cigarrillos norteamericanos, me convidó uno, sacó uno para él y después me pidió fósforos y encendió, él, los dos cigarrillos. Después guardó el paquete y la caja de fósforos la colocó en la puntera de su zapato y balanceaba la pierna con cautela jugando a hacer que la caja no se cayera.

–Te juego diez pesos contra cinco que no se cae –dijo entonces.

–Bueno, pago –dije. La verdad es que podía caerse. Puse las condiciones–: Durante un minuto.

–Medio minuto –dijo Atilio, riéndose.

–Bueno, pago. –Miró su reloj pulsera con una mano levantada, mientras dejaba en suspenso la pierna, interrumpiendo el balanceo. Luego bajó la mano y comenzó a balancear la pierna con el mismo ritmo y la misma velocidad con que lo había hecho al principio. La caja estaba en la cúspide de la puntera, apoyada mínimamente sobre el cuero reluciente; la verdad es que podía caerse y eso fue lo que sucedió, sin necesidad de que Atilio intensificara el balanceo o moviera el pie demasiado. La caja de fósforos rodó un trechito por el suelo y se detuvo; Atilio se agachó recogiéndola con un gesto desganado y encogió la mano hacia el bolsillo del pantalón.

—No, dejalo —le dije—. Después me invitás con una copa, afuera.

Me entregó la caja de fósforos y nuevamente inclinó la cabeza sobre el pecho y comenzó a limpiarse las uñas con un escarbadientes pringoso. *Entonces ya venía*. Hacía un largo rato que estaba a punto de llegar, pero daba la sensación de que le faltaba el impulso suficiente; de la misma manera que esos aparatos que hay en los parques de diversiones para que las personas prueben su fortaleza: se pega un gran martillazo sobre el resorte y el resorte hace subir por el carril una especie de pelotita de fierro, que tiene que elevarse hasta el extremo del carril y golpear una campana que hay en el extremo, allá arriba; la persona da el primer martillazo y la pelotita de fierro sube hasta la mitad y de ahí cae; entonces la persona se escupe las manos, hace girar los omóplatos cerrando los puños y encogiendo los brazos frente al pecho y vuelve a golpear y la pelotita de fierro sube las tres cuartas partes y desde la altura alcanzada, carente ya de impulso, cae por su propio peso. Entonces —esto, claro, si es que no hay trampa, porque la verdad es que todos esos aparatos de los parques de diversiones no sirven más que para estafar a la gente— la persona se dice a sí misma que ahora llegó la oportunidad, que en la tercera vez hay que llegar a la cúspide y que en la tercera vez no deben equivocarse ni la concentración agotadora de la fuerza ni la más inteligente y más cómoda posición del cuerpo; entonces cae su golpe con todo lo de sí mismo que le es posible acumular en él y la pelotita de fierro sube por el carril hasta la cúspide y llega al borde y lo toca y suena la campana.

—Chávez —me dijo—. ¿Qué, no te gusta? La verdad es que parece que no te hubiera gustado. Yo creo que es de las mejores. Ya viste qué funcionamiento, qué presencia que tiene. Decime la verdad, amigo. Con toda la confianza: ¿no te gusta?

—Sí, me gusta mucho, me parece que es de las mejores —respondí sin mirarlo. La respuesta iba formulada con palabras afirmativas, pero en un tono que implicaba la negación del sentido de las palabras.

—No —dijo Atilio—. La verdad es que no te gusta, eso se ve a la legua. ¿Pero por qué? ¿No viste cómo la miraban los demás? ¿Viste con qué expresión? Eso quiere decir que es buena, pero a vos parece que no te gustara. Yo no sé, vos dirás lo que quieras, pero a mí me parece que no te gusta.

Podía haberme callado la boca. Podía haber permitido que él hiciera tranquilamente su cosa hasta el final, sin interpolaciones. Pero para el concepto que tengo del merecimiento del poder, Atilio estaba haciendo el ridículo.

—Escuchame —le dije entonces como exasperado y mirándolo directamente a los ojos—; que lo hicieras desmoronarse al Tucumano estuvo bien, ése ya se venía abajo aunque nadie lo tocara, a ése la muerte le vino desde adentro para afuera; lo de Rivarola no lo empezaste vos, así que lo que pasó es culpa de él y de nadie más. Todas las cosas que estuviste haciendo hasta ahora estuvieron bien hechas y las aplaudo porque eran cosas útiles, siempre era algo que necesitabas para ensancharte, para poder moverte más cómodamente en el mundo: eso está perfecto, así tiene que ser naturalmente. Pero ahora no, estás haciendo macanas. Si una persona le va a dar importancia a todo lo que encuentra por la calle y se va a meter en cualquier negocio que le ofrezcan, esa persona está reventada antes de empezar. Lo que uno atiende sin necesidad al final termina por derrumbarlo, y cuando uno empieza a juntar cosas una sobre la otra sin que le hagan falta, entonces deja de ser rico, deja de subir hacia la riqueza para volverse miserable. Atilio: lo que está al lado de uno sin serle útil, a la larga le resulta perjudicial; me parece que te estás volviendo un poco pavote. Yo no sé para qué compraste esa ametralladora si sabés que acá no te va a servir para nada, si sabés que acá nunca vas a tener la oportunidad de usarla.

Tres días después la devolvió, por encomienda, a Buenos Aires. Gregorio Francia le escribió con su letra de pata de gallo, pero Atilio no contestó la carta. Lo único que secretamente le reprochó es no haberse disculpado ante mí por haber dejado caer deliberadamente la caja de fósforos de la puntera de su zapato.

BRAVO

a Hugo Gola

Parece que vino Bravo a hablar con Atilio acerca de su cuestión, un día en que Atilio estaba jugando al truco y tomando mate en la trastienda del bar de la Chola; afuera (en el patio y la calle) llovía sinfónicamente y tanto, que daba la impresión de que hasta ese día nunca hubiera llovido antes. Parece que Bravo llegó muy nervioso y excitado, cosa por otra parte nada extraordinaria, porque es común que ande siempre como disparando de un fantasma, algo así como mal dormido o a punto de retirarse aunque recién haya acabado de llegar; estaba con su impermeable desabrochado, las manos semicubiertas y aniñadas por las mangas anchas y grandes, macizo y pequeño, el pelo brillante y mojado, yendo de un lado para el otro de la pieza, alrededor de los cuatro hombres silenciosos que jugaban (haciendo pasar el mate de mano en mano como a un revólver famoso) aletargados un truco muerto, sin fe ni necesidad y no más que para matar el ocio y la peligrosa posibilidad de pensar en uno mismo que por lo general el ocio trae aparejada. Bravo habrá querido demostrar con toda seguridad que entraba como siempre, como todas las otras veces que se había hecho presente en la abarrotada trastienda separada del bar por una cortina de cretona descolorida, pero Atilio (levantando nada más que una sola vez los ojos del naipe, para saludarlo) ya sabía que esa vez no era igual que todas las otras veces y esperó, como distraído y queriendo no forzarlo (porque Atilio tiene al fin de cuentas esas cosas que hacen que uno lo admire y lo respete), que Bravo el superexcitado lo abordara. Parece que éste por fin se decidió y colocándose detrás del que hacía pareja con Atilio, viniendo a quedar enfrente de él a través de toda la mesa y de la yunta, entrecruzó las manos por los dedos y soplando con vehemencia el hueco que se formó entre las dos palmas, abortó con decisión y como estallando lo que había estado queriendo manifestar desde que llegara.

–Quisiera hablar con vos –parece que le dijo.

Atilio sorbió el mate que acababa de recibir del cebador que estaba a su costado, sorbió dos o tres veces más hasta terminarlo, le dijo al cebador "está frío", corrió la silla con calma hasta separarla unos centímetros de la mesa y recién entonces, como si estuviera demostrando a los demás en qué forma debe efectuarse una pregunta, mirándolo fijamente a Bravo le dijo:

–¿Para qué cosa, si puede saberse?

Bravo miró a su alrededor dando a entender que había teros en la laguna. Sus ojos revelaban desolación, o ruego, y todo su cuerpo se removió como si estuviera hecho de arena fina y pesada. Los otros no prestaban atención y permanecieron alrededor de la mesa como habían estado desde el principio, matando el tiempo en juguetear con los naipes, o con una caja de fósforos o con un cenicero o con una copa, absorto cada uno en su propia desvinculación de los hechos. Atilio, por su parte, hizo como que él no estaba enterado de nada.

–Quería hablar a solas –parece que no tuvo más remedio que decir con cierta timidez Bravo–. No se enojen, muchachos...

Los otros apenas si se sacudieron en sus sillas para indicar que no estaban ofendidos, y por lo demás no hicieron ningún ademán de levantarse, quedándose allí imparciales y neutros, aguardando que la situación los involucrara específicamente a ellos, para retirarse o quedarse según el sentido con que fueran involucrados por la situación. Pero según parece Atilio con tres o cuatro palabras fuertes les señaló las inconveniencias de estar ellos presentes allí en la trastienda y algo respecto de la educación y de las costumbres, así que inmediatamente se levantaron y se fueron, uno por uno y silenciosos, en fila india hacia el bar, neutros de nuevo después de haber participado un breve instante de los hechos; al irse dejaron todavía un murmullo vago y conformista flotando en la abarrotada trastienda, un murmullo que lentamente fue disipándose y perdiéndose para el oído y persistiendo sólo para la memoria, hasta que decantado y consumado (murmullo real o recuerdo del murmullo) regresó al impasible y pesado seno originario del silencio que acababa de prohijarlo y nutrirlo.

–Atilio –parece que dijo Bravo entonces, sin mirar a ninguna parte–. Tengo que pedirte el favor de que me dejés llevar a la Blanca conmigo; dejame que te explique. Queremos retirarnos, vivir decentemente desde ahora. Te venía a pedir que me la dejés llevar.

Da la impresión de que Atilio ha encendido un cigarrillo, lo ha chupado dos o tres veces, ha echado el humo y después, sin sacárselo de la boca al cigarrillo, y hablando por el costado de la columnita serpeante de humo azul que danzaba y se estrellaba contra su ojo dispersándose y obligándolo a cerrarlo, le ha dicho que no podía, que la Blanca trabajaba para él, y que a él le costaba demasiado dinero y preocupaciones alimentarla y vestirla y protegerla de la policía, y que bastante irresponsable y atorrante era Bravo al venir a pedirle que lo dejara llevársela con él, porque eso venía a significar que por lo menos desde un tiempo atrás ellos dos (Bravo y la Blanca) mantenían relaciones a sus espaldas, cosa que, según parece que dijo Atilio un poco menos que a los gritos, a otro que no fuese Bravo le habría costado seguramente la respiración, el equilibrio y todas esas cosas que consciente o inconscientemente constituyen la vida general de cada uno.

Y en efecto. Ya que según se tiene entendido Bravo sólo puede decirse que comenzó a progresar cuando Atilio lo trajo de Buenos Aires instalándolo en esta zona, dándole participación en las ganancias, no las producidas por bar o por las muchachas, sino las recogidas en las mesas de juego que noche a noche son rodeadas por manos nerviosas o impávidas y ojos desesperados o fríos. Y no solamente en lo que se refiere al dinero, porque de igual forma se tiene entendido que Atilio dividió con Bravo hasta el respeto que se le tenía y lo alojó en su casa procurándole todo lo que puede necesitarse para vivir decentemente y sin preocupaciones. Y eso sin dar a entender que se le estaba dando, y dispensándole una forma de vivir a la que Bravo a lo mejor ni siquiera estaba acostumbrado. Porque de acuerdo con lo que se oye decir entre la gente, Bravo mientras estaba en Buenos Aires no era nada y por sí solo nunca fue capaz de progresar, debiéndole a Atilio todo lo que pudo haber tenido en forma más o menos segura. Además, y muy fundamentalmente entre otras de las tantas cosas que se dicen, parece ser que Atilio era capaz de vaciarse los ojos por Bravo, sin preguntarlo dos veces y con toda seguridad que hasta pensando en otra cosa.

—Ya sabés —gritaba Atilio golpeando fuertemente con el puño cerrado sobre la mesa insensible y destartalada, haciendo desparramar y revolotear los naipes brillosos y lisos— cuál es la ley; el que la conoce quiere decir que la admite y el que la admite tiene que aguantárselas. Vos no sos ninguna criatura y sabés lo que le cuesta a uno mantener a una mujer; además, si se empieza a permitir todas estas cosas, uno acaba enviciándose con tanta decencia estúpida y termina por olvidarse de hacer lo que tenía pensado para toda la vida. Y podrías tener un poco más de cara y de vergüenza (gesticulaba Atilio paseándose por la trastienda abarrotada) callándote la boca, sin necesidad de hacerme pasar el mal rato de enterarme de que mientras te recibo en mi casa y te trato como a un hermano, y te instalo en la zona para que te hagas un porvenir, vos te largás a molestarme a las muchachas y a llenarles la cabeza con puras macanas. Amigos así me sobran, los encuentro por todos lados.

–Atilio –insistió Bravo–. De cómo somos hermanos no corresponde que hablemos, porque vos sabés bien cómo te quiero y te respeto y que aquí y en cualquier parte saco la cara por vos y te defiendo con la vida. No te niego que te debe haber costado mucha plata, la Blanca. Pero comprendeme que desde que ella me eligió, desde el momento en que no quiso seguir haciendo esta vida que hace y prefirió venirse conmigo, no te puedo dar cinco centavos por ella, porque desde ese momento dejaste de ser el dueño. Desde ese momento ella es libre.

–Ella va a ser libre cuando se muera; aunque se vaya sin mi consentimiento siempre va a estar dependiendo de mí porque va a saber que tiene una deuda y que apenas se encuentre nuevamente conmigo me la cobro. Yo no la compré para que cambiara de idea; yo compré su cuerpo, no sus estupideces como ésta. Así que andá sabiéndolo de antemano que mientras yo no quiera que se vaya no se va a ir y que siempre va a estar acá adentro aunque se vaya. Siempre va a estar pensando en esta casa. Y si querés una respuesta definitiva te digo que *no*, que vos y la Blanca se quedan, y que si vos querés irte la puerta está abierta pero tené por seguro que cuando quieras volver la vas a encontrar cerrada.

Según se tiene entendido Bravo estaba a punto de echar espuma por la boca; le temblaría el labio superior, los ojos destellarían como brasas sopladas, los puños se le estarían cerrando lenta y duramente. Pero después el rostro debe habérsele relajado y lo habrá mirado al firme, al fuerte Atilio diciéndole:

–¿Sabés una cosa? No es por principios. No es por unos pesos más o menos que puedas perder. Es otra cosa. Es que vos sos incapaz de comprender que un hombre y una mujer pueden quererse.

–¿Por qué no escribís un tango con todo eso? –parece que le dijo Atilio riéndose.

–Te podés reír todo lo que quieras, no me importa –respondió Bravo queriendo ser implacable, o siéndolo–.

No me la voy a llevar, la dejo. Pero vos y yo no vamos a vernos más. Se acabaron nuestras relaciones. Lo que pasa es que te sentís incapaz de permitir a los demás que sean felices fuera de tu gobierno.

Atilio, que se hallaba sentado en ese momento, barajando distraídamente los naipes, los arrojó sobre la mesa y de un salto estuvo de pie; y seguramente se habrá agarrado al borde de la mesa para contenerse.

–Llevátela, rápido –le dijo–. Si cuando yo salga al patio todavía están aquí, tené por seguro que no se retiran caminando. Estate seguro de que se los llevan muertos.

Por la ventana se veía el patio, gris, lavado por el agua cayendo sin cesar, insensible a las exigencias de silencio o rumor que podrían alimentar las melancólicas esperanzas de los hombres. Bravo y Atilio, según parece, estuvieron mirándose un largo rato, absortos en sus propias convicciones y absoluta y obstinadamente convencidos de que sus relaciones desde ese momento se cortaban para siempre. Por fin Bravo salió y Atilio permaneció inmóvil, hasta mucho tiempo después que el otro hubo salido. Fue allí cuando se tiene entendido que entró la Chola y arrimándosele, aunque sin tocarlo, le dijo:

–Tarde o temprano tenía que venir a decírtelo.

–Claro –parece que dijo Atilio, y seguramente pensó: "Quería librarlo de su propio remordimiento. Cuando la abandone, cuando la miseria los rodee y los estrangule, se va a arrepentir y eso es lo que yo quería evitar; que no haya sabido aprender hasta qué punto era capaz de aguantar la vida y se ensucie en el barro y en la indecencia". Y con el subpensamiento, subpensando: "O a lo mejor es el propio Bravo quien tiene razón y mi preocupación y mi cariño no son más que un pretexto para que no se escape de mi vigilancia y mi dominio". Pero esto último sin palabras o ideas precisas, sino con una vaga sensación de culpabilidad o de duda que entroncaba en sus propios pensamientos anteriores, como un súbito escalofrío o una infinitesimal corriente eléctrica. Porque todavía el significado de su pensamiento no terminó ahí ya que las palabras persistieron en la memoria y continuaron intercalando sensaciones y sentimientos de dudoso significado hasta que por fin con la misma rapidez y ya definitivamente, como una lámpara que en medio de la oscuridad acaba de encenderse, la última conclusión brilló fuerte y amarilla en la confusa multiplicidad de su cabeza: "No debí cerrarles las puertas de mi casa".

Y nada más. Ni siquiera hubo más cuando los vio pasar y detenerse un momento junto al ventanuco, sin mirarlo (quizás hasta dando la impresión de que ya no se acordaban de que pudiera existir algo que no fuese ellos dos –Bravo y la Blanca– relacionados), solamente para terminar de cerrar entre los dos la valijita de cartón que la Blanca trajo consigo la primera vez que entró en esa casa, cuatro meses antes, vestida con un trajecito de hilo blanco, con un rostro y una figura que parecían provenir de un retrato de Modigliani. Tampoco hubo más cuando desapareció la muda imagen de los dos del rectángulo de la ventana y sólo quedó la lluvia derramándose incansable sobre el patio sombrío. Y no hubo más tampoco un tiempo después, cuando, debido a las circunstancias, a lo mejor entre otras personas integradas por otras modalidades o convicciones, pudo haberla habido:

porque parece que Bravo y la Blanca se casaron estableciéndose en Rosario y que no vivieron mucho tiempo uno con el otro porque, según se tiene entendido, ella estaba tuberculosa y murió inexorablemente antes del año. Dicen algunos que cuando Bravo tuvo conocimiento de la enfermedad de la Blanca la abandonó por miedo al contagio; hay que creerlo, ya que es muy posible que de todas las representaciones que pudo haberse forjado de la muerte, la de una cama olorosa y desarreglada, la de unos ojos hundidos y vacuos y unos pulmones fatigosos y pesados devolviendo sangre por cada respiración, es la que menos probabilidades debe haber tenido de cristalizar en su imaginación. Y, presentándose de súbito, esa oscura amenaza pudo sin dificultades convertirlo en un cobarde. Según se tiene entendido la Blanca murió sola y su cadáver fue descubierto antes por el olor que por algún otro signo. Pero se dice además que Bravo estuvo presente en el entierro.

TAMBIÉN BRUTO

La penúltima vez que Stumpo vio a Onofre, fue como si Onofre flotara en una espesa lejanía, y como si él mismo se meciera con incertidumbre y vacuidad en otra. Fue en lo de Atilio, una tarde de otoño, fría y húmeda como una barra de hierro expuesta a la intemperie toda una noche, lenta y pesada como un zapato de suela de goma, porosa y ambigua como de corcho. Stumpo había cumplido los sesenta entonces (no los confesaba, y eran imperceptibles en su aspecto, pero evidentes en su trato) y la gente que antes lo había rodeado y admirado prefería discretamente huirle cuando él se hacía presente en algún sitio, hasta dejarlo gradualmente solo en un rincón, rodeado y protegido (como la concha se rodea y protege con las sustancias que segregan sus propias valvas) por los fantasmas ávidos y fuertes, así como portentosos, pero ya inhábiles e inútiles, de un pasado que él y otros como él (no menos desvaídos tanto en su aspecto como en su trato) habían no ya conocido, sino creado, modificado y fortificado, con la sustancia invisible y pasajera de sus propias acciones.

Onofre era de los de ahora; había un cambio irreconciliable de métodos entre las dos generaciones: los viejos cuando hablaban de los jóvenes lo hacían casi en voz baja, rígidos en sus asientos y al pasar, como si se tratara de algo que no debía ser comentado, algo secreto, sellado varias veces y cuya mención acarrease una desgracia intensa y constante. Los jóvenes, en cambio, lo hacían a viva voz y no sin cierta petulancia, solventados tal vez por la circunstancia ventajosa de moverse en un mundo con el que, por no haber actuado mayormente en él, se hallaban escasamente comprometidos. Pero entre Stumpo y Onofre, aunque la cosa fuera de ese modo para todos, la relación era distinta y el antagonismo silencioso, porque ellos dos eran como padre e hijo, ya que Stumpo había recogido a Onofre en la calle cuando todavía era poco menos que un chico, lo había traído con él, y le había hecho compartir sin prevenciones y sin límites lo que tanto el mismo Stumpo, así como Onofre y todos los demás, consideraban sin discusión alguna su reino.

Así que Onofre había crecido en una permanente contradicción. Por una parte amaba y respetaba el mundo que Stumpo, sin pretender despertar en él sentimientos que enajenaran su libertad, le había descubierto y entregado; por la otra, el trato con los de su generación, a los que sentía también como suyos, lo llenaba de remordimientos y demonios, evidenciándole un enfrentamiento fatal y definitivo, en una inexorable dialéctica que avanzaba sin detenerse pese a sus afectos y a sus admiraciones. Onofre no llegaba (y por bastante) a los treinta. Daba gusto verlo: alto y erguido, serio, reconcentrado y fuerte, caminaba con lentitud y como si bailara, y era tan consecuente con el reglamento que más de uno más de una vez enajenó sus propios actos por miedo de que Onofre pudiera reprochárselos. En su grupo era el rey; nadie lo dudaba y todos, consciente o inconscientemente, imitaban grotescamente sus gestos y expresaban servilmente sus opiniones, influidos por esa honda seguridad de la que él hacía uso sin especulaciones.

Américo Stumpo sabía que lo estaba perdiendo, y que también se perdía a sí mismo. No lo quería reconocer, simplemente. Por eso sus acciones eran cada vez más enredadas, torpes y equívocas, aunque sus intenciones no lo fueran, como aquel cómico del cine que, habiendo provocado un incendio en un depósito de cohetes, lo agravaba a medida que con mayor dedicación trataba de apagarlo. Los viejos, gente como Parra y Chávez, o como Natal Pérez, lo sabían tanto como Stumpo mismo, y habían adoptado la prevención de apartarse, no con la idea de que debe dejarse perder solos a los demás, sino, por el contrario, con la convicción de que cuando alguien se está perdiendo solo, es necesario dejarlo en esa soledad para que por sí mismo, y sólo por sí mismo, le sea posible rescatarse. "Uno se les aleja —comentaba una vez Natal Pérez— para que ellos sepan que por algo se los está dejando solos." Pero los jóvenes ya no lo soportaban. Y cuando rebasando las cosas y rompiendo el dique de toda tolerancia, Stumpo una noche le cortó la cara, marcándosela para siempre, a uno de la nueva generación, nada más que "porque la tenía muy limpita, sin barba", y después dio vuelta dos o tres mesas y rompió dos o tres sillas en el bar de la Chola, los jóvenes decidieron cortar por lo sano y establecer una opción respecto de Stumpo que significara un compromiso para todos. Hasta la Chola, y aun el mismo Atilio, que no eran tan jóvenes, pero tampoco tan viejos, fueron mal mirados después de aquella noche solamente porque, en vez de reaccionar violenta y terminantemente como lo hubieran hecho con cualquier otro que hubiera armado un escándalo de tales dimensiones en el bar, sostuvieron a Stumpo, lo calmaron y lo llevaron al interior de la casa en medio de suaves palabras y tiernas reconvenciones.

Los jóvenes sostenían que Stumpo ya no tenía rescate. Después del episodio del bar se reunieron secretamente dos o tres veces con aire de conspiradores (reuniones a las que Onofre no asistió por hallarse en Buenos Aires) y unos días más tarde Stumpo apareció tirado en la calle, cerca del bar de la Chola, ensangrentado y lleno de golpes, quejándose débilmente mientras dos de los muchachos de por ahí lo recogían y lo llevaban al bar. Allí lo acostaron y le curaron las heridas mientras Stumpo, con los ojos fijos en el techo, con aire de locura melancólica, murmuraba insultos y maldiciones.

—Se han metido conmigo —decía—. Y Onofre estaba entre ellos.

—No es cierto –dijo la Chola–. Onofre está en Buenos Aires.

Stumpo miraba el techo, abstraído, como si no la hubiese oído.

—Onofre estaba entre ellos. Yo lo vi –decía.

Cuando estuvo lo suficientemente organizado como para caminar, Stumpo comenzó a salir nuevamente de su casa, pero a todos les dio la sensación de que no era el mismo. Caminaba como absorto por un gran pensamiento, apenas si saludaba, y andaba siempre mirando el vacío, como si recordara algo remoto y extraño, con un amago de sonrisa y laxitud en el rostro. Los viejos sabían de qué se trataba, pero los jóvenes, con infinitamente menos experiencia distaban mucho de adivinar que, para los viejos, todo aquello era la señal precisa e incontrovertible de que Américo ya no tenía rescate. Por el contrario, los jóvenes pensaban que la paliza había surtido el efecto perseguido y Stumpo se había llamado a reconsideración y descanso.

Pero Onofre no se engañaba. "Cómo voy a admitir –pensaba– que *eso* sea mi padre. Mi padre era algo distinto a *eso*, que es cualquier cosa menos mi padre." Como un autómata, Stumpo se paseaba por los sitios de reunión de la gente del ambiente, yendo y viniendo con su extraña sonrisa inconsciente esbozada en el rostro, mientras los grupos junto a los que pasaba o cercanos de donde se sentaba hablaban en voz baja, casi con un temor animal de perturbarlo, como si creyeran que las palabras y los gestos de los demás pudieran hacerle daño, pudieran (y esto era lo que especialmente sentían todos de una manera imponderable) sacarlo para su mal de esa especie de marasmo, de ese adormecimiento.

—Ahí está don Américo –decían los jóvenes, como si estuvieran arrepentidos de lo que habían hecho.

—Da miedo –decían las chicas, pintarrajeadas, con su viejo aire cansado, pesarosas por tener que vestir de noche y como para una fiesta a cualquier hora del día.

Así pasó todo el verano. Cuando el calor comenzó a ceder (y fue un verano largo y blanco, según parece) y hubo una gran tormenta, y el olor del otoño, agudo y frío y tan o más pesado, aunque a su manera, que el del verano, se esparció y flotó por toda la zona llenando las narices y los pulmones y la gente comenzó a prepararse para otra temporada, Stumpo rompió su incomunicación y adoptó un aire nuevo, distinto al que había observado hasta entonces, pero distinto también a lo que siempre había sido. Cuando Onofre lo supo, pensó simplemente: "Esto tampoco es mi padre". Y los viejos pensaron que aquello no era Stumpo, pero los jóvenes, que siempre ven las cosas desde el punto de vista de la moral aunque les guste alardear de inmoralismo muchas veces, pensaron que Stumpo los había engañado a todos ideando un plan siniestro para vengarse de ellos, y que lo estaba cumpliendo al pie de la letra. Stumpo se sentaba ahora con la gente, especialmente con los viejos, y hablaba con ellos. Reía con una risita seca, pérfida y conniviente y decía:

—Voy a sacudirlos a todos.

—Sí, claro —decía pacientemente alguno de los viejos, que lo escuchaba con una sensación de pesar y fastidio—. ¿Para qué?

—Para... —decía Stumpo, confundiéndose y tartamudeando. Y después, con cierta petulancia—: Para que aprendan.

—¿Qué cosa? —preguntaba el otro, como sorprendido. Y Stumpo:

—Para que aprendan a portarse como hombres.

Los otros hacían silencio y Stumpo los miraba casi con ansiedad, tratando de observar el efecto de sus palabras en sus rostros. Después se levantaba y se iba a otro lado, encorvado, pesado y débil a pesar de su aspecto macizo, como si fuera su propio antiguo poder lo que lo hiciera doblarse, toda su vida pasada acumulada sobre sus espaldas como una condena.

Alguno le preguntaba por Onofre.

—¿Onofre? Está muy bien. Lo veo poco. Se pasa la vida en Buenos Aires.

Y sabía perfectamente que mentía, porque no sólo no lo veía poco, ya que sabía perfectamente que no lo había visto nunca desde hacía por lo menos tres meses, sino porque estaba perfectamente convencido de que como lo que Onofre había sido, y como lo que él mismo había sido, ya no lo vería jamás. Sin haberlo pensado una vez sola él sabía todo eso, ahora que había dejado de pensar y obraba simplemente, y su destino crecía firme y trágico como un monumento contra el que sus equívocas y vertiginosas acciones iban a conducirlo a estrellarse.

Por fin comenzó la temporada, y con ella los cabarets abrieron sus puertas, los lupanares se renovaron, y las partidas subrepticias se organizaron en oscuras casas ocultas en el corazón de la noche. Y sucedió que cada vez que se preparaba una partida grande la policía estaba avisada y a última hora tenía que desarmarse y que los jóvenes, que eran entonces los que prácticamente acaparaban todas las grandes partidas comenzaron a sospechar que había un traidor, alguno entre ellos que, faltando al reglamento y desvirtuando su propia humanidad, se había vuelto ahora en contra de ellos. Entre los jóvenes había uno llamado el Norteño, y también el Malo. Era bajo, achinado, rápido y fuerte. Tenía un fino bigote imperceptible y malévolo bajo la recta y fina nariz y unos ojos como dos fichas barnizadas. Se decía tanto de él que habría necesitado por lo menos tres vidas para haber hecho todo, pero mucho de lo comentado era verdad, especialmente algo relacionado con una muerte que debía en el norte y cuya señal parecía ostentar violentamente entre los ojos. En una reunión de los jóvenes el Malo dijo:

—Antes de una semana voy a averiguar quién es el traidor. Pero con una condición: de que lo sacudamos entre todos.

Había tres más presentes, y entre ellos se hallaba Onofre. Cuando el Malo habló se dirigió a él principalmente, pero Onofre desvió la mirada, y dio la sensación de que se hubiese corrido un velo de tenue sombra.

—¿De acuerdo? —dijo el Malo.

Los otros se miraron entre sí. Parpadearon y después asintieron.

–De acuerdo –dijeron ambos. Onofre no dijo nada. El Malo lo miró, y Onofre lo miró al Malo, y después bajó los ojos.

–De acuerdo –dijo entonces, con un gran suspiro, como un gran caballo expirando.

Entonces el Malo se fue por donde había venido y regresó a la semana con su paso enérgico, estricto, rápido. Onofre y los otros lo esperaban fumando y bebiendo, y si bien los otros dos conversaban de muchas cosas entre ellos, Onofre permaneció todo el tiempo en absoluto silencio. El Malo se sentó, encendió un cigarrillo y echó el humo.

–Stumpo es el traidor –dijo y miró a Onofre. Onofre lo miró esta vez, y por primera vez Onofre se sintió sorprendido.

–¿Stumpo? –dijo uno de los otros dos, y se echó a reír.

–Así es –dijo el Malo, y miró a Onofre–: Vamos a matarlo esta noche.

–¿Esta noche? –dijo el que había reído, poniéndose serio.

–Sí. ¿Para qué vamos a esperar? –dijo el Malo, y miró a Onofre, volviendo a sorprenderse, porque había actuado tratando de obligar a Onofre a que lo mirara y se encontró con que el otro lo estaba ya mirando, como si lo tuviera en estudio.

–Sí –dijo Onofre, levantándose, con rabia–. ¿Dónde vamos a hacerlo? ¿Atrás de una puerta? ¿Abajo de un puente? ¿Lo esperamos en una esquina? ¿Cuando pase un tren para que no se oigan los tiros? ¿Usamos veneno? ¿Ametralladoras? ¿Gases, como en la guerra del catorce? –Suspiró y se sentó nuevamente. El Malo hizo como si no lo hubiera escuchado y siguió hablando.

–En su casa –dijo–. A las diez. Onofre: vos vas a ir a visitarlo y nos vas a dejar la puerta abierta. A vos te va a abrir. Lo vamos a acuchillar entre todos. ¿De acuerdo?

–De acuerdo –dijeron todos, incluso Onofre.

Cuando se separaron, Onofre paseó un rato por el centro, entró en un bar, bebió una copa y salió nuevamente. Era una tarde de otoño húmeda y fría, lenta y pesada. Decidió ir al cine y llegó hasta la puerta misma de uno, y aun hasta muy cerca de la boletería, pero después cambió de idea sin saber verdaderamente por qué razón y se dirigió a lo de Atilio. Caminaba rápidamente, como si tuviera apuro por llegar. Cuando estuvo allí, y abrió la puerta, su corazón golpeó furiosamente, y sintió que sus mejillas se encendían, porque lo primero que vio al entrar fue al propio Stumpo, que se calzaba el impermeable y estaba a punto de irse. Stumpo se sobresaltó, y lo miró como si lo hubiera estado esperando, como si estuviera al tanto de todo. Estaba Atilio presente, y también Natal Pérez, y Chávez, y otro más. Stumpo lo palmeó y lo miró con sus ojos de loco, con un aire triste y fatigado.

—Onofre —dijo.

—Hola, Américo —dijo Onofre, sin mirarlo. Y mintió enseguida—: A usted lo buscaba. Quiero hablarlo. ¿Puedo ir esta noche a su casa?

—Sí —dijo Stumpo—. Andá a las diez. —Pero como si hubiera hablado bajo el peso de una gran tristeza, de una gran distracción. Después se fue, cerrando suavemente la puerta detrás suyo, y dejando en la habitación algo como un olor, como la reminiscencia de un grito.

A las diez menos cinco, los cuatro hombres se reunieron cerca de la casa de Stumpo. Onofre llegó primero. Estaba impaciente pero silencioso, y el Malo, activo y filoso como una guadaña, no le sacaba los ojos de encima. Onofre fue hasta la casa y golpeó, mientras su corazón galopaba locamente, pensando: "Es tu padre. Es un traidor. Es tu padre". Stumpo abrió la puerta de par en par, y también los brazos en un gesto remoto y desvalido. "Es un traidor", pensó Onofre.

—Américo —dijo Onofre cuando estuvieron adentro—. Me han dicho que es usted el que le va con cuentos a la policía.

Stumpo se sobresaltó, pero después quedó quieto, muy quieto sobre la silla en la que se hallaba sentado, y quedó silencioso, y con una mirada de perro apaleado.

—Américo: hable –gritó Onofre–. Diga que no ha sido usted. Diga quién ha sido.

Stumpo no se movió, no dijo nada. Entonces Onofre se arrimó a él, con amargura y con rabia, y pensó golpearlo, y hasta alzó la mano para hacerlo, pero en su interior una voz antigua y conocida creció gritando: "Es tu padre. Es tu padre", y él bajó nuevamente la mano y quedó inmóvil. Así permanecieron los dos un momento, inmóviles, sintiendo Onofre la mirada de perro apaleado sobre su rostro, la mirada del hombre que una vez había sido fuerte, y lo había recogido en la calle siendo para él mucho más que su padre, hasta que los otros tres penetraron en la habitación como en un sueño, se abalanzaron sobre Stumpo, y lo apuñalaron. Stumpo cayó sin un quejido, mientras Onofre retrocedía pálido y como asombrado, pero después Stumpo se incorporó, sangrando, con las manos en el pecho, y se quedó de pie mirando fijamente al hombre que había abierto la puerta a los asesinos. No había rencor ni amenaza en su mirada: sólo tristeza. Entonces, cuando los otros dos quisieron arrojarse nuevamente sobre él, el Malo, activo y enérgico, los detuvo con un gesto y se enfrentó con Onofre.

—A vos te toca –le dijo mirándolo.

Onofre lo miró, y después miró a Stumpo. "Es tu padre", gritó la gigantesca antigua voz interior, pero confusamente las palabras se desvanecieron, como si hubieran sido atraídas por una poderosa absorción, y el dolor se mezcló con el recuerdo. "Él es lo que ha hecho", pensó Onofre, con un resplandor nuevo. Avanzó dos pasos casi creyendo que estaba a punto de abrazarlo, pero cuando llegó junto a él sacó su cuchillo y lo hundió en el pecho del que había sido como su padre. Cayendo, Stumpo todavía lo miraba.

No me miraba. Hablaba de mí, yo estaba frente a él, esperando que volviera la cabeza y fijara sus ojos en mí, pero él no me miraba.

—¿Así que éste había sido? —decía, dirigiéndose a los otros con amarga serenidad, sin exaltarse, como si él soportara también el peso de mi culpa. Estaba sentado sobre la esquina del escritorio, balanceando una pierna, calculando el precio justo de lo que tenía que cobrarse, alto y macizo, los grandes bigotes en la amplia cara seria y llena—. ¿Así que este guacho asqueroso?

A través de la puerta cerrada llegaba con atenuación la vaga música del cabaret, vacío todavía, salvo la presencia de las muchachas bailando entre ellas a falta de parroquianos, igual que todas las noches. A las doce comenzará el espectáculo, y la Rubia, que se hace llamar el Ciclón de Cuba, al ritmo de un tambor tembloroso como un seno, se desnudará para todos en medio de la pista, pero yo no estaré. Él estaba frente a mí, pero no me miraba. Tendría que haberle dicho, tendría que haberle explicado, pero no pude.

—Dame un poco —le dije.

No me miraba. Hablaba con los otros, que estaban a mis costados, un poco atrás, y me sostenían por los brazos, humedeciéndome la nuca con su aliento.

—¿Así que este guacho, esta hembra? —decía, sin mirarme.

—Éste mismo había sido —dijo una voz detrás mío, a mi derecha, una voz nasal, fría, como un viento ligero soplándome en la nuca. Su mano hizo una presión mayor sobre mi brazo–. El mismo, don Nicolás.

–Braco –le dije– dame un poquito.

–¿Qué te parece, Asunción? –dijo él, sin mirarme, hablándole al que había hablado. Así es como me han pagado.

–Así es, don Nicolás –dijo Asunción.

–Los hacés gente –dijo Braco, con aquella amargura serena del principio– y después te sacuden por la espalda. Eso, Asunción. Así te van a pagar si sos tan imbécil como para entregarle la confianza a esta clase de gente.

–Así es –dijo Asunción–. Así es como pagan.

–Dame una dosis –dije.

Para él yo no existía, yo estaba muerto para él.

–¿Así que hay un palurdo hijo de puta que te extorsiona, que te quiere sacar la plata? –decía Braco, sin mirarme–. ¿Así que te hace llamar por teléfono con una putita para denunciarte por algo que él sabe que vos has hecho? ¿Y todo después que lo alimentaste, y lo vestiste, y le pusiste unos pesos en el bolsillo para que los gastara como un hombre?

Me dolían los huesos, tenía frío. También tenía calor, y el frío y el calor batallaban en mi cuerpo, y parecía que me quemaban con fuego y después me pasaban hielo sobre la quemadura. Estoy lleno de llagas, de pústulas. Estoy maldito y terminado para siempre.

–Braco –le dije–. Tengo frío, me duelen los huesos. Dame un poquito.

–Perfecto –dijo Braco, sin mirarme–. Ya tenés traición y suciedad para toda la vida. –Hablaba con aquella triste, serena amargura.

–Estás completo. Otra porquería ya no puede caberte.

–"Por el amor de Dios, Braco –trataría de decirle–, no aguanto más. Braco, dame un poco, un poco es todo lo que quiero que me des te digo. Me arrodillaré, le besaré la planta de los pies –pensaba yo–, dame una dosis, padre, señor mío".

Sus ojos fulguraban como dos brasas, como dos piedras preciosas incrustadas en un pedazo de madera.

"Me arrastraban y yo, llorando, regresaba, y me golpeaban en las manos para que me soltara de su pierna, pero yo quería besarle los pies para que él me diera una dosis, para que él me mirara. Dame un poco, canalla, perdóname, me arrepiento de todo corazón de haberos ofendido, dame, asesino, Braco; mírame por última vez, dame una dosis te digo."

Y había sido como mi padre. Me había recogido en la calle y yo había compartido con él su reino. Tendría que haberlo matado, asesinado, denunciado a la policía. Y era como mi padre.

–Dame un poco –le dije.

–Asunción –dijo Braco, sin mirarme–. Me lo llenan de plomo.

A las doce, la Rubia, que se hace llamar el Ciclón de Cuba, se desnudará para todos en la pista central, pero a esa hora ya no estaré, no seré nada.

Solas

a Oscar González

Lila dijo que estaba cansada, con ese tono entretenido con que suelen decirlo las mujeres mientras se distraen buscando algo que hacer, y después fue y se entretuvo mirándose en el espejo, de un costado primero, luego del otro, arrimando el rostro a la pulida y resplandeciente superficie más tarde, levantándose el pelo sobre la nuca y dejándolo caer enseguida, irguiendo por sobre el vestido con las palmas de las manos sus abultados flácidos senos y mirando de perfil la silueta prominente y dócil; la otra fumaba sobre la cama, con un vestido claro y suelto, el antebrazo bajo la nuca en una posición varonil y los glaucos húmedos ojos fijos en la agrisada blancura del cielorraso.

Era el día más caluroso del año; el aire estridular rolaba en el exterior y los sonidos demoraban en extinguirse en su seno pesado y en constante desplazamiento, semejando un fluido espeso, grave y transparente moviéndose imperceptible y sin pausa dentro de un inmenso receptáculo. Los árboles permanecían llenos y quietos como compactas y bajas nubes verdes asentadas silenciosamente sobre las oscuras horquetas distraídas.

El moblaje de la habitación era clásico: además de la cama de dos plazas, había un ropero de madera terciada con una fulgurante luna ordinaria, una mesa de luz, y una antigua y polvorienta consola sobre la que descansaban una palangana y una jarra enlozadas. Por alguna hendija de la puerta de madera se colaba una penetrante, una fuerte y enloquecedora claridad.

—Así es —dijo Lila—. Así es.

La otra permanecía silenciosa, fumando, pensando; recordaba. De pronto se removió sobre la cama y estuvo a punto de decir algo, quedando suspendida de su propia vacilación, pero no lo dijo y continuó mirando fijamente el techo. Era menuda, ágil, y su inmovilidad y su silencio daban la impresión de que constituían sólo una tregua limitada y activa, como la del arma cuando está siendo cargada, y que su modalidad consistía en lo vivo y lo rápido; esas culebras que permanecen ocultas entre los pastos atentas pese a su sopor, que cuando estás pasando junto a ellas, como algo que prescinde por completo del tiempo, menos que un relámpago, pero quizá con idéntico resplandor, ya te mordieron y te envenenaron. Lila se peinaba ahora.

—Así es —repitió, abstraída. Y luego, mirándola—: ¿Qué te hacen?

—¿Quiénes? —dijo la otra, incorporándose y mirándola con cierto asombro.

—Los hombres —dijo Lila y continuó peinándose, observando a su amiga a través de la plateada pátina del espejo.

—Ah. Qué sé yo. Me tocan, me besan. Qué sé yo.

—Sí, ya sé. Pero ¿cómo? —Lila movió en el aire la mano que sostenía el peine.

—Ah, cómo. Bueno. Qué sé yo. Primero entran, hacen algún comentario para demostrar que no vienen nada más que para eso, después me miran, se arriman, me tocan... el pecho, o atrás, y me desvisten, y después todo eso. A veces viene alguno distinto, con algo de conversación, pero es raro, o alguno que se quiere..., que quiere hacer alguna asquerosidad, pero yo le paro el carro y le digo que no se haga el vivo y listo.

—Igual que yo —dijo Lila, yendo a sentarse en el borde de la cama, el opuesto a aquel sobre el que se recostaba la otra. Le daba la espalda y continuaba mirándola a través del espejo; la otra proseguía, como en un estado de ligera hipnosis, observando fijamente el cielorraso, y sobre la blancuzca gris superficie contemplaba su vida pasada, no toda, sino la constituida por aquellos hechos que eran dignos de ser recordados y la memoria podía rescatar con mayor facilidad, obrando estimulada por causas sentimentales, vagas y melancólicas. Lila había adoptado una expresión reflexiva y casta, suave y animal en su global índole de estupidez–. ¿Te gustan los hombres?

–Algunos –dijo la otra–. Según como sean. Me gusta que tengan conversación y un poco de plata, y que les guste gastarla, aunque teniendo conversación y no plata, si valen la pena, también me gustan. Porque al fin de cuentas...

–Sí –replicó Lila, pensando en otra cosa. Se puso de pie y anduvo por la habitación revisando unas ropas caídas, y después regresó frente al espejo y ahí estuvo–. ¿No te parece que son... tontos?

–Algunos –dijo la otra.

–Cuando están sobre una, sudando, ahogándose, desesperados por agarrarse a cualquier cosa. ¿No te da la impresión de que podrías hacerles cualquier cosa, lo que quisieras, triturarlos?

–Algunos.

–Todos –dijo Lila, dándose vuelta y no mirándola ya a través del espejo, sino directamente–. Todos. Cuando una piensa que han estado desesperados por venir, porque ya no aguantaban más, robando o asesinando para conseguir la plata, para terminar todo en cinco minutos; cuando una piensa que si fuera una la que quisiera hacerlo, no tendría más que salir, cuando le diera la gana, y llamarlos, y traerlos, y llevarlos del cogote a donde le diera la gana; y que una es dueña de abrir o de cerrar las piernas con el que quiera, y que ellos no pueden hacérselas abrir o cerrar a la que ellos quieren o cuando ellos quieren. Yo los he visto entrar y me he reído pensando en que si yo quería ellos se iban a ir como habían venido y que hasta podría hacerme *rogar* si se me daba la gana. Dame un cigarrillo.

La otra se dio vuelta entre el crujir de los elásticos y sacó un paquete de cigarrillos de debajo de la almohada, arrojándoselo: "Puede ser" –dijo–. "Pero a mí no me gusta eso."

–No es que me guste –dijo Lila, encendiendo su cigarrillo y devolviéndole el paquete a la otra, que volvió a guardarlo debajo de la almohada–. Lo pienso sin poder evitarlo. Los veo como si pudiera quebrarlos, matarlos. –Se sentó en el borde de la cama sobre el que había estado antes y le pidió permiso a la otra para recostarse transversalmente y usar las pantorrillas de la otra como almohada. La otra le dijo que sí y ella se recostó transversalmente usando sus pantorrillas como almohada.– Pegarles –dijo, muy reflexiva, y después, cambiando de tono, más secamente, aunque sin carecer de suavidad–: Qué duras tenés las pantorrillas.

–Soy flaca –dijo la otra.

–No. No. Así estás bien. Me gustan esas figuritas así.

–Adelante quisiera tener como vos –dijo la otra con aire técnico– pero no puede ser, porque es otro tipo de cuerpo, otro desarrollo. Me echaría muy para adelante –se movió un poco y los elásticos crujieron, crujiendo un poco más después que ella estuvo quieta; entonces creció el silencio y también el calor aumentó y hasta dio la sensación de que podía oírse ascender el humo de los cigarrillos, ondulante, nada rígido, nada severo, con algo de sátiro fingiendo gravedad ante un tribunal de dioses iracundos y carentes de sentido del humor. Se rió–: Me caería de boca.

–Si las querés te las regalo –dijo Lila cariñosamente, sin mirarla, con la vista clavada en el techo.

–A lo mejor son postizos y los sacás y me das una sorpresa.

–No, no son. Tocalos, si querés.

La otra estiró la mano, los tocó (una cosa abultada, flácida, pesada, moviéndose) y retiró la mano sin dejar de reírse. Había, de pronto, algo extraño en su risa; así por lo menos lo creyó ella misma. Hicieron silencio y Lila, al rato, acomodó la cabeza sobre las duras y aceitosas pantorrillas de la otra y siguió hablando. "Te decía. Eso es lo que pienso cuando los veo y los siento encima mío. A veces quisiera ser como ellos, después que se van, libres, han terminado y una ya no les sirve para nada, cinco minutos aguantándoles todas las porquerías, y cuando ya te usaron te escupirían."

–Pero es... –dijo la otra, con un cordial y suave antagonismo– ...natural. Depende de una. Si sabés dosificar, si sabés dirigir, entonces no sólo no te escupirían sino que se dejarían escupir.

–¿Te parece? –Lila miró a la otra.

–Claro. A lo mejor nunca supiste tratarlos, por eso es que pensás así.

–No es eso. Nunca me entusiasmaron demasiado, ésa es la cuestión. Al principio, quién sabe... Al principio puede ser que hasta me hayan gustado esos...

–Guachitos amorosos –dijo la otra, parodiando un éxtasis.

–Sí. Lo primero –dijo Lila poniéndose de pie, sin prestar atención–. Voy al baño. –Tiró el cigarrillo al suelo, lo pisó, y lo hizo desaparecer debajo de la cama.

Cuando abrió la puerta el día amarillo entró en la habitación con un resplandor tan intenso que la otra se cubrió los ojos con el antebrazo y le dijo a Lila que cerrara la puerta. Lila desapareció cerrando la puerta detrás suyo y la otra encendió un nuevo cigarrillo; después se alzó levemente la pollera, dejando ver apenas el extremo de sus muslos aceitosos y firmes, casi trapezoidales. Como si estuviera en el cine, contemplaba sobre la superficie del cielorraso mudas imágenes convocadas por su interés actuando sobre su memoria, mientras su cuerpo permanecía echado en un profundo abandono húmedo y tibio. El ritmo de su respiración apenas ampliaba el volumen de sus pechitos leves y duros como uvas concentradas y maduras.

Lila regresó entonces. Se quejó del calor y se quitó el liviano vestido, desabrochándolo lentamente, con desgano y hasta con algo que visto por ojos masculinos habría podido tomarse por sensualidad. No tenía enaguas ni corpiño. Fue y quitándose los zapatos, se echó de espaldas sobre la cama, colocando una mano entrecerrada, con la palma hacia afuera, junto a su mejilla. La otra mano colgaba fuera del lecho.

—Voy a dormir —dijo—. Es temprano todavía. Me gusta estar así suelta. —Tenía grandes caderas y un poco de grasa; sus grandes senos, esparcidos, caían lánguidamente a los costados, lechosos, enfermos, tristes. Causaban pena, no deseo. Pero había algo, algo existía semejante al deseo que podía ser la soledad o la culpa. Cualquier cosa menos el deseo, pero que podía confundirse con él, o manifestarse de tal modo, con un roce, una mirada, un leve suspiro mórbido, que nadie hubiera jugado nada afirmando que hubiera podido ser otra cosa. La otra la miraba con intensidad, con asombro desconfiado o dubitativo.

—Llega un momento —dijo Lila con toda claridad, con los ojos semicerrados— en que una no sabe qué hacer, no sabe nada. Quisiera poder amar de otra manera, no como nos han obligado. Por gusto, por delicia. Algo anda mal porque me doy cuenta de que no soy como todas; no porque sea mejor ni peor, es que no he vivido, no he sentido como todas. Sé que estoy enferma (pero no en el cuerpo; en el corazón), porque no me siento como todas. Me siento monstruosa, sola. Tengo miedo.

La otra estaba seria y de pronto, tímidamente, como si su mano fuera un pájaro, volando sin preocupación ni apuro, fue a posarse sobre las tristes, mórbidas colinas. Lila se estremeció, como si debajo de su piel se hubieran desplazado infinitas, diminutas, blandas esferitas blancuzcas.

—La carne —dijo, pensando no en el deseo, sino en la soledad y en la culpa; y más en el fondo: "No es eso"—. No —dijo—. No es esto. Me conformaría con desnudarte. Es eso.

La otra saltó del lecho como si hubiera sido tocada, mordida. Era una víbora temerosa, pero no exenta de peligro.

—¡Nunca! —gritó.

Lila permaneció sin moverse.

—No es eso. No hagas ningún escándalo. Ya pasó, corazón. Quería ver si... No es nada, es lo mismo. Estoy enferma pero no de eso. Quería ver si... pero se acabó. Tranquilizate que no te voy a molestar; te lo juro. No era nada. Me visto, si querés.

—Es lo mismo —dijo la otra, relajándose—. No importa; quedate como te guste.

Volvió a recostarse y continuó recuperando (en lo posible) su viejo, su polvoriento tiempo dilapidado, lleno de personas y voces, y lugares, consustanciado ya con el otro, con el irreversible, el impalpable, el silencioso y oscuro, el Tiempo.

1

"Es que –pensaba Morán– nos hubiera salvado del vacío." La búsqueda había resultado inútil; diez años atrás, en mil novecientos cuarenta y ocho, Suárez se había disuelto como polvo y humo, sin rastro, llevándose no ya su propia humanidad, sino la de Morán mismo, establecida cuando, siendo por condición y experiencia hombres sin fe, la necesidad y la seguridad de poder contar uno con el otro, habían comenzado a convertir la vida en un suplicio tolerable.

Pero ya estaba viejo (estaba arriba de los cincuenta) y era como si hubiera abolido toda edad. "No he de encontrarlo", pensaba todas las tardes, abolida también toda esperanza, cuando arrastraba desde su abarrotado cuarto de pensión la silla baja que colocaba en el fondo del patio, para sentarse a tomar mate, entre los pausados gestos azules del atardecer provinciano, tan perfumado y húmedo en las estaciones tibias que oprimía imponderablemente el corazón, y tan lluvioso y frío en el otoño y el invierno, que Morán, vago y melancólico, se sentía como disminuido en una zona de soledad inexpugnable, entre cuyo tejido sombrío se insinuaba, con mayor nitidez cada día, como un jinete emergiendo gradualmente de una polvareda, la conciencia de su fracaso. El rostro seco, atezado, rasurado en partes minuciosamente hasta azularse, tomando el mismo monótono mate que siempre era distinto, Morán (aunque ni aun para dormir se separaba demasiado del pesado revólver cargado con seis balas que habían permanecido intactas desde el año cuarenta y ocho) no había hecho más que pensar, desde su regreso a la ciudad, casi un año antes, que ya no iba a encontrarlo, que el haber intentado seguir su rastro por todo el país, y aun en el Paraguay y en Montevideo, había sido una empresa absurda, como todas las que dictan la pasión y el orgullo herido. "Y sin embargo –pensaba–, matarlo hubiera sido la única salida." Con nada que fuera parecido a palabras se decía a sí mismo que lo habría podido rescatar matándolo, restituyéndole aquello que los había salvado durante treinta años del vacío, y que, aunque Morán no le diera ese nombre y sólo lo evocara en situaciones concretas, en porciones de historia personal, no se trataba más que de la prueba incontrovertible de su condición de hombres.

Es que lo habían sido, y por más de treinta años, alrededor de mesas de juego, en lugares nocturnos: hombres sencillos y fuertes, y como tales de pocas palabras, erguidos y seguros como dos dioses de piel dura, los oscuros trajes ceñidos y los parcos sombreros haciendo sombra sobre la frente vasta y serena, los pómulos serios y secos, los ojos vivos. En una mesa de juego se habían conocido, en el peligro y en el riesgo. Morán lo recordaba: "¿Usted ve lo que yo veo, amigo?", había dicho Suárez, inclinándose hacia él de costado, para hablarle en el oído, sin dejar de mirar las manos del tallador. Y él, casi en la misma actitud y tan parecido físicamente que cualquiera hubiera creído que eran hermanos, mirando igualmente las manos del tallador, y hablando de costado, había respondido: "Algo veo, aunque no sé si será lo mismo". Y Suárez, como divirtiéndose: "Pues yo veo que ese hombre (refiriéndose al tallador) no encima como debe después del corte". Y él: "Eso es lo que estaba viendo". Entonces Suárez se había echado hacia atrás y había extraído un gran revólver antiguo de entre sus ropas, y había dicho solamente: "Bueno", sin gritar, sin alzar demasiado la voz, calmosamente, como si sonriera. "Bueno", y los treinta hombres que rodeaban la mesa, se habían puesto de pie con un estrépito de sillas caídas, y habían abierto instintivamente como un sendero que iba de la boca del caño del revólver hasta el pecho del tallador que, a través de toda la mesa, había abandonado la baraja mirando a Suárez simplemente. "Somos gente honrada –había dicho Suárez, dirigiéndose al tallador–. Usted no encima como debe cuando corta." El tallador había mirado a la concurrencia en general: "Miente", había explicado con un gesto lento, didáctico. Y Morán, entonces, adelantándose: "Yo lo he visto. Devuélvanos la plata". El tallador se había puesto de pie con la misma lentitud con que había hablado, como si le incomodara hacerlo: "Vení a buscarla", había dicho, y en ese momento, de un rincón de la habitación llena de humo espeso, había surgido una voz grave y terminante, interrumpiendo su movimiento, y llamándolo por su nombre: "¡Grassi!". Un hombre fornido, de cara chata y redonda, de grandes mejillas, y una boca gruesa cuyo labio inferior colgaba como un belfo húmedo, se había aproximado, hablando al tallador: "Devolvele la plata a los señores". Y a Morán y a Suárez: "¿Cuánto era?". "Cien", había dicho Suárez, como sonriendo. Y él: "Setenta". El capitalista de la partida, que tenía una mirada dura y veloz, y hasta brutal, mientras los treinta hombres lo miraban con asombro y hasta con duda, había extraído entonces del bolsillo de su pantalón un fajo de billetes de cien pesos y había entregado uno a Suárez y otro a Morán. Éste había metido la mano en el bolsillo para sacar el vuelto, y el de los ojos brutales le había dicho: "Déjelos, nomás, por la novedad que nos trajo", sin dejar de mirarlo, mientras Morán, haciendo lo mismo, como si no lo hubiera oído, extraía varios billetes de diez pesos de su bolsillo, separando tres. Había guardado el resto, desarrugando después los tres billetes y colocándolos uno encima del otro. Después los había doblado según todo su largo, por el medio, y había dado un paso lento hacia adelante y le había tocado cuatro veces las mejillas con los billetes al de los ojos brutales, no como si estuviera queriéndole hacerle daño sino, por el contrario, como si le hiciera un cariño. "Si quiere salir afuera, le había dicho, se va a enterar de más novedades." "Váyanse", había dicho el otro, entre contenido y furioso, y ellos habían salido lentamente, volviéndose desde la puerta para mirar una vez más todavía a los treinta hombres inmóviles que los miraban a su vez sin haber comenzado hasta ese instante a comprender.

Así era como Morán lo recordaba, sin asegurar que así había sido en realidad, descontando la inevitable deformación que cada hombre hace de su propio pasado: retenía enteramente su sentido, y lo acentuaba, tal vez, acicateado inconscientemente por su amargura. Y recordaba que los dos hombres que ellos habían sido treinta años atrás, recorrían, ya apaciguados, las estrechas calles de la ciudad, húmeda en las noches, solitarias y tristes: las calles del sur, de empedrado y casas bajas, muchas de ellas todavía de adobe, la zona del río, fragante y espesa, el centro pueril, vano y retórico como un viejo actor sin talento, y que aquel hombre, Suárez, le había dicho en pocas palabras quién era, de dónde era y a qué se dedicaba: "Me llamo Asunción Suárez. No vaya a creer que soy un matón. Vivo del juego pero nunca hago trampas, y no me gusta que me las hagan. Hace unos meses que estoy en la ciudad, pero soy del sur de la provincia". Le había dicho el nombre del pueblo. "También yo soy de por ahí", había dicho Morán, y un rato después habían reconocido gente por los dos tratada antiguamente, lugares recorridos por los dos en momentos distintos, que tal vez recordaban los dos de distinta manera, pero que, nombrados e individualizados por la palabra y el recuerdo se convocaban y unían sorpresivamente.

Después se habían visto muchas veces en mesas de juego, en sitios nocturnos, pero no habían vuelto a hablar. Sólo un saludo sobrio, respetuoso, casi severo, inclinando levemente la cabeza o llevando con lentitud la mano hacia el ala angosta y suave del sombrero. Hasta que una noche (y Morán lo recordaba casi más que a ninguna otra noche de su vida) después de haberse saludado con la casi severidad de costumbre, Morán alzó hacia el otro el rostro serio y vio que Suárez perdía y perdía, que estaba en una mala racha, y que todavía persistía en él algo que no era profesión sino vicio, una irracionalidad inerte que se había apoderado de él impidiéndole admitir que aquélla no era su noche. Cuando comprobó que había perdido hasta el último centavo, rodeó tranquilamente la mesa y fue hasta él: le tocó el brazo llevándolo aparte y le ofreció veinte pesos para que se desquitara. Suárez lo miró: "Nunca acepto", dijo con seriedad, casi con dureza. Morán se encogió de hombros. "Usted es dueño", dijo, y se fue enseguida, no molesto, pero sí como frustrado, sintiendo que tal vez el otro había entendido mal su ofrecimiento, confundiendo con un favor circunstancial lo que para él no era más que una inflexión del reglamento. No había hecho una cuadra cuando lo oyó venir, dejándolo acercarse sin darse vuelta hasta que el otro lo llamó y se puso a caminar a su lado, bajo los quietos árboles: "Hay gente que quiere ver a los demás en la mala por el gusto de hacer favores –dijo al llegar–. No lo digo por usted. Le aseguro que le estoy agradecido. Pero nunca acepto un favor cuando no lo he pedido de antemano". "Es un modo de ver –respondió él sacando un paquete de cigarrillos–. Convidar no es hacer un favor, sino pedirlo", agregó dándole uno.

Así lo recordaba él, ahora que había pasado la cincuentena, y se sentía viejo, y no hacía un año que había regresado a la ciudad después de buscar a aquel hombre por todo el país, y aun en el Paraguay y en Montevideo, por la sencilla razón de que había resuelto matarlo. Treinta años pertenecientes a un pasado más vasto y totalmente impersonal que, a medida que avanzaba el recuerdo, eran veinte, y dieciocho, y quince, y diez. Ahí la historia se detenía, el pasado se detenía, dejándolo cernido sobre una situación no terminada, como si un gigante lo hubiera alzado sobre su cabeza y hubiera permanecido todo ese tiempo sosteniéndolo en la altura sin arrojarlo. Así sentía secretamente todas las tardes, cuando se sentaba en la silla baja, bajo el único y alejado árbol del patio de la casa de pensión, mirando hacia la puerta de calle: en las tardes, quietas, resplandecientes, él veía no sólo la calle sino también a través de la puerta abierta, el fondo del patio de la casa de la vereda de enfrente, tan semejante al suyo que, de haber habido en él un hombre sentado en una silla baja, él hubiera creído ser él mismo reflejado en un espejo. Silencioso, melancólico, Morán permanecía en él hasta el oscurecer; ya no jugaba, o lo hacía muy pocas veces: con el dinero que le quedaba podría vivir, decorosamente, dos años. Después... Nunca pensaba en después. En eso era como un muerto: despojado de todo porvenir. Sin embargo, había veces, muy de tarde en tarde, en que un pequeño resplandor se encendía en aquel horizonte vacío, algo que no era la esperanza sino su oscura posibilidad: y esto cuando, distraído, habiéndolo completamente olvidado por la inveterada costumbre de llevarlo, sin querer, al bajar la mano para tocarse la rodilla, o meterla en el bolsillo del pantalón, percibía en la cadera, cubierto por la camisa y sostenido por el ancho cinturón de cuero que era tan viejo como él, el cuerpo aristado y duro del pesado revólver cargado con seis balas que desde diez años atrás permanecían expectantes, vírgenes, intactas.

2

Después la historia obraba por sí sola: ellos ya se conocían, ya se veían de vez en cuando, y aquel conocimiento inicial era la Historia: las otras circunstancias no eran más que sus inflexiones, sus consecuencias. Al margen de todo recuerdo quedaban días, horas, minutos. Los dos hombres casi iguales, de rostro atezado y rasurado, se veían de vez en cuando y hablaban del pasado y de su oficio: un pueblo del sur que los dos conocían, de parvas como de un oro viejo y humedecido, nítidas a la luz del último sol del crepúsculo que enloquece y degrada, alegres y vivas bajo el primer sol de la mañana que deslumbra y engaña. Y también de hombres ya consumados por la muerte cuyas hazañas consistían en vencer el mal con la ecuanimidad, y de barajas y de dados, pequeñas cosas vistosas que condensan el porvenir cuyas evoluciones uno puede prever y dominar si deja de darles crédito.

En quince años nunca se tutearon. Se habían conocido arriba de los veinte y sólo hablaban cuando se encontraban: nunca iba uno a la casa del otro, y hablaban como por cortesía de temas que la Historia misma proponía, pero que eran casi siempre los mismos. Se encontraban en una partida (y cada cual jugaba su dinero, y perdía y ganaba su dinero) y sólo después, a la salida, de vez en cuando, se juntaban para tomar una copa o comer algo. Una vez Morán no lo encontró en una partida y se extrañó. Tampoco lo vio en la siguiente, ni en la otra, ni tampoco en la próxima; estuvo casi ocho meses sin verlo, y hacía ya quince años desde aquella noche que, en el peligro y en el riesgo, los dos hombres se habían conocido. Entonces una noche Suárez reapareció como de costumbre, el traje limpio, el sombrero ceñido, pero como engordado. A Morán le dio la impresión de que había estado en un hospital o algo parecido. Fue y le dio la mano. El otro se la estrechó con frialdad, y quince años después, Morán todavía podía recordar que en aquel momento había pensado: "Se siente como espiado por mí, como vigilado". Le preguntó dónde había estado y Suárez le respondió de mala gana. "En Córdoba", dijo. Después se habían separado nuevamente, como era su costumbre, para atender cada uno por su cuenta la partida, pero al finalizar el propio Suárez se había arrimado a Morán. Y había sido ya en un café, tomando una ginebra, viendo la llovizna interminable de la noche de otoño, donde Suárez, como recapacitando, como sabiendo que aquella cordialidad de Morán no era más que una inflexión del reglamento, hecho por Morán para tratarlo a él justamente, le contó que había estado preso.

"Me hubiera escrito", dijo Morán. "Para qué." "¿No contaba conmigo?", preguntó Morán. "Sí", dijo Suárez, "pero no lo necesitaba". Morán lo había mirado con fijeza, recriminándolo: "Le podía haber mandado cigarrillos, un paquete de algo. ¿Por qué lo metieron en cana?". Suárez miró por la ventana la delicada, inocente llovizna: "Mujeres", dijo. "Usted no quiere aceptar favores, de acuerdo; pero yo, si quiero, puedo ofrecérselos." "Ya lo sé". Y eso había sido todo. Morán recordaba que había pensado: "Yo no puedo contar con él si él se niega a contar conmigo". O bien: "Tal vez entiende las cosas al revés". Y era, aunque con otras palabras, una idea simple: para poder contar siempre con alguien (y no era tal vez una idea, nada que tuviera que ver con palabras, sino un sentimiento, casi una breve iluminación) es necesario no recurrir a él. Nunca.

De esa manera, las cosas no cambiaron hasta que quince fueron veinte; los días se acumularon iguales: el saludo severo, la charla cortés y prevenida, involucrando parvas de oro húmedo y dócil, hombres completos en la muerte, agorerías. Cuando hizo veinte años justos de aquella noche en que los dioses jóvenes de piel dura se conocieron en el peligro, los días fueron el Día: las inflexiones fueron Historia, de nuevo, pero una historia que muestra su otra cara: después del Día, la Historia se dio vuelta, como un dado que rueda un poco más y se detiene; y ahí quedó (la historia, el dado) inmóvil.

3

Y esa inmovilidad es como un medallón de vieja plata que se conserva en el fondo de un cofre trabajado, de relieves nítidos aunque atenuados por el desgaste del tiempo; un bajorrelieve que muestra dos hombres muy parecidos, casi iguales, de rostro atezado y alta estatura, ceñidos en trajes oscuros, la frente sombreada por el ala del sombrero, un poco más corpulentos que veinte años atrás, pero los mismos; así era como Morán lo recordaba, ahora que no había Historia entre aquel instante en que Suárez entró por primera vez a su casa después de veinte años de conocerse, y el instante mismo en que estaba recordándolo. Desde entonces no había habido más que días, así como no hay más que sonidos en ciertas músicas a las que no les prestamos atención hasta que una nota nos toca el corazón con un calor imponderable y la Música se instituye. "Recurre a mí", pensó Morán viéndolo entrar, igual que de costumbre pero ligeramente excitado, tal vez con la mirada demasiado viva, demasiado rápida. "Tal vez no confía en mí", pensó, subpensando que eso podía ser solamente una idea suya, tan acendrada, que él adjudicaba instintivamente su significación a la realidad. Suárez detuvo un poco la mirada sobre su rostro antes de decirle: "Necesito un favor". "Sí", había dicho Morán, distraído. "Siéntese." Buscó ginebra y dos copas; sirvió y bebieron. "Un gran favor", dijo Suárez, pero ya no lo miró tan fijamente. Y agregó: "Necesito que me preste diez mil pesos". "¿Qué?" Morán lo miró como si sonriera, y Suárez apuró su ginebra, sin mirarlo. "Estoy en un lío: en quince días puedo devolvérselos." Morán había vuelto a llenar las copas, pensando: "Tiene que necesitarlos mucho para recurrir a mí, para recurrir a mí, o a cualquiera". Después dijo: "¿Para cuándo los necesita?". "Para esta noche." "Tengo que pedirlos prestados." "Pídalos." "Sería la primera vez que." "En quince días va a tenerlos de vuelta: le doy mi palabra." Morán bebió un largo trago y pensó: "He esperado veinte años que él contara conmigo. Ahora está aquí. Tengo que conseguírselos, para esta noche". Lo miró con seriedad, pensando que diez mil pesos eran demasiado dinero: "Venga a las diez", dijo, y el rostro de Suárez cambió nuevamente: la piel se había estirado, endurecido, y los ojos se hallaban totalmente apaciguados, mirándolo como siempre, sin matices, fijamente. Después Morán preguntó: "¿En qué líos se ha metido?". El tono empleado por Suárez para responderle fue el mismo de cinco años antes, un tono seco y casi duro, el de una intimidad que se contrae al ser atisbada: "Mujeres". Y salió. En su otra cara el medallón muestra a un hombre pensativo, en un cuarto de pensión, con los ojos entrecerrados, haciendo girar distraídamente una copa vacía, pensando principalmente en qué podía reportarle a él darle de un golpe diez mil pesos que tenía que conseguir prestados a un hombre que en veinte años no había hecho más que empeñarse en conservar una fría distancia y que lo único que tenía de común con él era una profesión, una noche de riesgo, y un pasado que la memoria y la imaginación seguramente deformaban y que ni siquiera daba pruebas suficientes de ser verdadero.

La inmovilidad continúa en un friso breve, inmutable, que muestra a un hombre que el tiempo ha hecho más corpulento, de traje oscuro ceñido y parco sombrero negro, recorriendo la ciudad, como un caballo atravesando un huracán; puede verse que da tres veces su palabra en un mismo día por un dinero que esa misma noche entregará a alguien que ha estado esquivándole su intimidad durante veinte años; un friso en cuyo extremo hay dos hombres, uno que acaba de recibir diez billetes de mil pesos y se retira, mientras el otro, libre, lo mira fijamente, fijamente, pero como cansado, como invadido por una portentosa fatiga.

Pero hay un medallón más, y otro friso, por último. El medallón es pequeño, simple: muestra a un hombre que espera sereno, confiado (no dinero, porque ha visto muchas veces, inmutable, su dinero barrido en una mesa de juego) sino algo que ni siquiera sabe qué es, pero que sabe que necesita. El friso es extenso, reiterativo, lento: el hombre se levanta y sale, va a una casa de pensión en el extremo de la ciudad y alguien le dice: "Se ha ido". Pregunta: "¿Hace mucho?". "Un mes", le responden. Aunque en el friso no puede verse, su corazón golpea con violencia dentro del pecho, y el hombre piensa: "La misma noche". Dice: "¿Dijo dónde?". "No, ni siquiera tuvo la...", quieren responder, pero él interrumpe:

"Gracias", dice retirándose, rígido, herido. Herido y ofendido hace sus valijas y sale de la ciudad. El friso lo muestra atravesando no una ciudad, sino ciudades, un país, parte de un continente. Hay una fecha en el medallón, en el último: doce de septiembre de 1948. En el extremo del friso hay otra: octubre de 1958. Muestra a un hombre regresando a una ciudad abandonada diez años atrás, alquilando un cuarto en una casa de pensión de vasto patio, desde el cual, en las tardes resplandecientes de la primavera y el verano, el hombre ve una casa en la vereda de enfrente con un patio tan parecido a ése en el cual se halla sentado, que piensa a menudo que si otro hombre se sentara en él, en una silla baja, él creería estar viendo su propia figura reflejada en un espejo.

Ahora bien: quien ha forjado este último friso, ha dado al hombre una expresión determinada, ha tallado trabajosamente su rostro para dar a entender que en diez años (esté en Tucumán o en La Plata, en Buenos Aires o en Montevideo) su pensamiento no ha variado jamás. Es la expresión de un hombre que se repite interiormente, sin cesar, como si no hubiera aprendido otra cosa en toda su larga vida: "Tengo que matarlo. Tengo que matarlo. Tengo que matarlo".

4

En el mes de octubre del año mil novecientos cincuenta y ocho, un hombre corpulento aunque ligeramente encorvado, que conservaba la remota apariencia de una antigua fortaleza, como una vieja dama conserva ciertos modos que le fueran peculiares en el esplendor de una exitosa juventud, que no le alcanzan sin embargo en la vejez para ocultar su decadencia, tomó un cuarto con pensión completa, el último de una hilera cuyas puertas desembocaban sobre una larga galería de mosaicos rojos, completamente agrietados y descoloridos, en un antiguo hospedaje situado en el barrio sur de la ciudad, y al serle preguntado por la dueña su nombre a los efectos de asentarlo en un viejo cuaderno que hacía las veces de registro, dijo llamarse Asunción Suárez y provenir del norte del país, declarando asimismo cincuenta y dos años de edad. Pagó un mes adelantado, y si la dueña de la pensión hubiera podido, por algún favorable poder de agorería, penetrar en sus pensamientos, habría sabido que los novecientos pesos en billetes de cien que el hombre le entregó el día de su llegada, eran los últimos de los que podía disponer.

Usando de ese mismo poder de penetrar en la conciencia de los otros, la dueña de la pensión (una mujer que al hablar con sus vecinas, en la feria, acostumbraba a llevarse delicadamente la mano al pecho, gesto que contrastaba con sus ochenta kilos flácidos, mientras revolvía los cajones de sucia verdura con una pericia despectiva que sólo es posible encontrar en las mujeres) habría llegado a saber además, y entre otras cosas, que aquel hombre, que era jugador de profesión, ya no jugaba o prefería no hacerlo, en primer lugar por falta de dinero, y en segundo lugar (y la dueña de la pensión habría advertido que para el hombre esta razón era la más importante) porque estaba sintiendo últimamente que aquel ligero atisbo de irracionalidad que lo abordaba junto a una mesa de juego, y que nunca había podido dominar totalmente, crecía cada día un poco más, como el montoncito de fichas de un ganador, al mismo tiempo que su voluntad iba mermando con la misma regularidad con que disminuye la altura de un mazo de naipes que se descarta gradualmente.

Pero todo es soledad en la mente de los hombres, y sólo la palabra, que casi siempre la agrava, puede a veces atenuar esa soledad. Suárez sin embargo no hablaba nunca y tampoco, al principio, salía nunca de su habitación, salvo para ir al comedor donde en vano los demás pensionistas querían entablar con él alguna conversación, para llenar el vacío, como es costumbre de la gente, con un método que no cuesta nada y que se llama las maneras sociales. "Es raro, decía la dueña de la pensión a sus vecinas, en la feria, porque a la tardecita dan ganas de salir al patio, que es tan despejado." Y en efecto, así era, y así lo comprobó el hombre cuando unos días más tarde, justamente teniendo en cuenta una recomendación cordial que le hizo la dueña de la pensión durante el almuerzo, salió al patio como a eso de las seis, o tal vez un poco más tarde, viendo con atenuada fruición el vasto paraíso florecido, el tapial enrojecido y polvoriento a raíz de la gradual disminución con que el tiempo ataca los ladrillos y el despejado cielo de la primavera, abierto y claro en el atardecer sin brisa.

Fue para Suárez como un sereno despertar, y la dueña de la pensión, halagada y satisfecha porque el hombre había seguido con tanta obediencia su consejo, vino ella misma y le ofreció una pava y un mate, y una silla baja para que se sentara bajo el paraíso. Suárez se sintió, si no complacido, por lo menos agradecido y aguardó tímidamente, el alto cuerpo ligeramente encogido, las manos en los bolsillos del pantalón, en la puerta de la cocina, que la mujer le preparara con diligencia, rapidez y maternalidad el mate. Ella misma le llevó la silla hasta el paraíso y la colocó debajo de su sombra medular, de una frescura afinada y sin estridencias, y Suárez acató todo sin proponer la más mínima variación porque aquel cambio de costumbres le resultaba no tanto indiferente como fatal, y también un poco porque su condición de hombre tímido le vedaba contradecir aquella cortesía enérgica de la dueña de casa.

Y volviendo a ella, diríase que le habría resultado interesante (por esa imperiosa necesidad que tienen las mujeres de conocer con lujo de detalles la intimidad ajena) disponer, por agorería o mera monstruosidad, de una facultad que le permitiera observar la conciencia de los otros, y no, como es corriente, sus meras manifestaciones, sus señales: una mirada que crece, se alarga, o rehúye, un gesto súbito, una palabra, la tensión de una mano o de un rostro, que, al fin de cuentas, determinan una reacción pero casi nunca sus resonancias. Habría sabido, últimamente, de haberle sido posible, que la intuición no es el conocimiento sino su energía, que son previamente necesarios el esfuerzo y la agonía de la intuición para que el conocimiento se haga posible.

Porque cuando Suárez, después de haber visto allá, en el otro patio, al hombre sentado en una actitud tan parecida a la suya que creyó ser él mismo reflejado en un espejo, experimentó algo, ese algo no fue el conocimiento sino la intuición: fue la agonía, fue el esfuerzo y una especie de inflexión de la voluntad que lo lanzó hacia la posibilidad del conocimiento sin permitirle todavía arribar a él. El hombre tenía unos modos vagamente familiares, tanto, que Suárez pensó que podían ser los suyos. "No es posible", pensó. "Estaba acostumbrado a imaginarlo muerto", aunque sabía que había dejado en lo más remoto de sí mismo una reserva de positiva esperanza, como esa monedita que los jugadores dejan en el bolsillo más secreto para regresar a casa en el tranvía. El conocimiento se le impuso desde afuera porque estaba dispuesto a recibirlo, ya que notó que allá, en medio de la despejada atmósfera de octubre, la figura idéntica a la suya, bajo el paraíso medularmente verde y vasto quedaba en suspenso, con la pava de aluminio que imaginaba más que ver inclinada inmóvil sobre el mate a punto de ser llenado, la cabeza alzada como oliendo el aire y la mirada (adivinada más que vista) dirigida hacia él. Ninguno de los dos estuvo de pie antes que el otro; los dos al mismo tiempo dejando previamente a un costado con la misma lentitud y el mismo cuidado el mate apoyado sobre la pava, junto a las sucias y toscas patas amarillas de las sillas bajas, comenzaron a acercarse uno al otro, y a medida que avanzaban fueron reconociéndose, los rostros severos, los cuerpos que el tiempo degradaba todos los días un poco más, el complicado mecanismo del ser moviéndose lentamente primero, sacudiéndose el polvo después de despertar como un miembro muerto, ascendiendo después, irguiéndose para reconstruirse minuciosamente, como cuando se levanta una casa hecha escombros en una película proyectada al revés.

—Cuando lo vi pasar —explicaba la dueña de la pensión unos días después a sus vecinas, en la feria— lo llamé para preguntarle si podía retirar la pava y el mate, pero no me respondió. No me miró siquiera. Me dio rabia, porque yo no sabía lo que estaba pasando.

Hubiera tenido seguramente, mucho que contar, pasando a ser por largo tiempo la mujer más importante de todo el vecindario. Porque lo que experimentó Suárez al comprobar desde la puerta de su casa que el hombre que estaba en la puerta de la casa de la vereda de enfrente era aquel Morán al que no veía desde diez años atrás, fue un sentimiento muy parecido al alivio. Bajó a la vereda, al mismo tiempo que el otro hacía lo mismo, y los dos hombres se miraron. A Suárez le pareció percibir un gesto breve que el otro hacía con la cabeza, un gesto que era una breve negación, pero que se refería no al presente sino al pasado, como si negara algo que estuviera recordando. Suárez alzó el brazo como para hacer un saludo y sus facciones se distendieron, insinuaron una sonrisa que cuajó en un gesto de sorpresa cuando vio que Morán llevaba la mano a la cintura, bajo la camisa, y hacía fuerzas como para sacar algo de allí, algo que Suárez no necesitó ver para comprender de qué se trataba. "No habrá tiempo", pensó, y cerró los ojos y después sintió algo semejante a empujones hechos con un hierro candente en los hombros, en el pecho, en el estómago, algo que lo hacía retroceder, lo tumbaba, y más que nada lo desesperaba. Ni siquiera oyó las detonaciones o tal vez, vagamente, creyó oírlas. No era eso lo que le interesaba. Quería comenzar a hablar. Movió los brazos, sintió que el aire a su alrededor se congelaba y de pronto estuvo con Morán junto a parvas de oro húmedo y dócil, hablando. Explicándole que ya va a darle el sobre que tiene adentro, en el ropero, en el abarrotado cuarto de pensión, ahora enseguida, sobre el resplandor mismo del último destello del tiempo: el sobre dirigido a Carlos Morán diez años antes, devuelto intacto, con una leyenda en letras rojas hecha por un empleado de correos que dice "destinatario desconocido". Enseguida. Explicándole a punto de llorar que dentro del sobre cerrado hay una esquela escrita con letra humilde, con letra de pata de gallo, y diez billetes de mil pesos.

AL CAMPO

Motivaciones

–No me gusta verte así –le había dicho Atilio, mirándolo con una especie de cariño conminatorio a Natal Pérez, el asmático que, junto con Atilio y en más de una oportunidad, había tenido que ver con mesas de juego y oscuros sitios pringosos y adormilados, vivos en el corazón de la noche muerta. –Es la ciudad –le había dicho–, es este polvo sucio de la ciudad que se acumula en los pulmones.

Natal, erguido y alto, de vasto pecho, sobrellevando su respiración con los brazos separados del cuerpo y los ojos desencajados, le había echado una gran mirada abstraída; caminaba muy lentamente y apretaba un húmedo pañuelo en su mano crispada y pálida. La enfermedad le daba un aspecto solemne y espiritual, y toda su persona se hallaba rodeada de un halo de espesa abstracción, de rígida y grave consistencia.

–Es mejor que nos vayamos todos a pasar un día en el campo. Podemos ir el primero de mayo que no hay carreras de caballos; juntamos unos muchachos y unas chicas y nos vamos. El campo es algo muy saludable –había dicho Atilio, mientras el asmático lo miraba angustiosamente con sus ojos brillantes.

Y así había sido. Siete en dos coches, tres mujeres y cuatro hombres, cruzaban ahora el viejo puente colgante, sobre el agua de uno de los brazos del Paraná. Al rodar sobre los tablones del puente los coches parecían desenvolver a su pa-

74

so una recóndita alfombra de truenos. Eran un poco menos de las siete de la mañana. Sobre la superficie del agua el sol emitía cambiantes reflejos violetas, bajo la olorosa y húmeda atmósfera de mayo.

Atilio conducía el primer coche. A su lado, respirando dificultosamente, con la vista clavada en el vacío y un poncho sobre su gruesa ropa de invierno iba Natal. En el asiento trasero iban la Chola, de pantalones, y Victoria que, con el pelo rubio y suave recogido sobre la nuca, a pesar de haber pasado los cuarenta, daba la impresión de ser una niña, vestida con un sacón rojo y una tricota lila.

El primer coche salió del puente y después de detenerse un momento en el control caminero, continuó por la carretera, a cuyos costados se veía una gran extensión de agua violeta, fría.

El otro coche

En el otro coche iban tres; Chávez en el asiento trasero junto a una canasta cubierta con un trapo blanco y un esqueleto lleno de botellas; calvo y silencioso, fumaba sumergido en su sobretodo y en su poncho. En el asiento delantero iba Gonzalito, conduciendo, con guantes y una gorra gris, flaco, con su rostro de cuero pálido, ojeroso, con una expresión superficial y desconcertada que de vez en cuando adquiría un matiz sombrío. A su lado, con pantalones y el pelo corto iba Ana, una prostituta joven, flaca, de pequeños senos resaltando sobre su pullover de lana rosa, riéndose de cualquier cosa o sonriendo como una enigmática Gioconda de afiche de crema facial. Gonzalito se hallaba fastidiado por el viaje y no hacía más que protestar.

—Estas cosas se le ocurren a Atilio y a nadie más. No podía ser a otro —dijo.

Ana se rió con esa estupidez que era habitual en ella, pero lo que dijo tenía la pretensión de ser una seriedad.

—Nadie te obligó a venir. Las invitaciones son invitaciones; se ve que no tenés nada de mundo.

—Qué querés —dijo Gonzalito—. No había otro programa para la fecha.

Ana lo miró con la boca abierta y después rió chillonamente, como si las palabras de Gonzalito hubieran sido asombrosamente jocosas. Gonzalito dijo:

—¿Trajiste?

Ana dejó de reírse.

—No —dijo, como si hubiera sido natural no haberlo traído, pero con un dejo de temerosa duda—. Pensé que el campo, el aire puro...

—¡Estúpida! —dijo Gonzalito, golpeándole el hombro con el puño cerrado. El coche zigzagueó sobre el llano camino gris.

—Flaquito —dijo Ana tristemente, acariciándose el hombro golpeado.

—¡Qué flaquito ni que la mierda! ¡La gran puta! —Alzó el brazo para volver a golpearla y el coche zigzagueó nuevamente. Chávez detuvo el golpe sosteniendo en el aire el brazo de Gonzalito.

—Bueno, bueno —dijo calmosamente—. Bueno.

Llegada

Anduvieron más de una hora por la carretera, pasando junto a casas blancas de techo rojo esparcidas a los costados del camino. El paisaje era brillante, frío y húmedo, como un lingote de oro, pero el aire era puro y suave como ciertos recuerdos. Después, y de acuerdo con indicaciones que habían recibido el día anterior, doblaron por un camino lateral, de tierra, poco transitado a juzgar por los grandes terrones de barro endurecido que hicieron avanzar dificultosamente los coches, dando bandazos, como si estuvieran ebrios o enfermos; en algunos sitios bajos el pasto se confundía con el resplandor de pulida plata del agua estacionada en los bañados, sobre los que, con esa actitud abstraída que los caracteriza, los caballos estiraban sus largos cuellos brillantes inclinando la cabeza para beber. Vacas de pie, pastando o echadas sobre los pastos blanqueados por una capa de helado rocío alzaban la cabeza solitaria para verlos pasar. Los coches relucían bajo el sol matinal y de vez en cuando pasaban junto a ranchos miserables en los que niños o adultos mal vestidos mateaban tristemente, alzando algunos de ellos la mano en señal de saludo al paso de los coches.

La quinta era prestada y se alzaba en medio de árboles amarillentos y sombríos. Constaba de un edificio principal de paredes llenas de herrumbre y moho y techo de tejas rojas ennegrecidas por el tiempo, y un galpón de chapas de zinc que hacía las veces de establo y depósito. A quinientos metros de allí un riacho de los muchos que el Paraná forma en la zona corría silenciosamente.

Los recibió un viejo de bombachas y campera de lana descolorida. Un viejo sin edad que fumaba calmosamente junto a la puerta principal y que, como estaba avisado de la llegada, había carneado y cuereado un cordero que oscilaba colgado de un gancho a un costado de la casa. El viejo los atendió con una indiferencia respetuosa.

Descendieron entumecidos por el frío y la inmovilidad y se desbandaron deportivamente. Atilio, fumando, se arrimó al viejo que comenzó a recolectar leña y agruparla haciendo una pequeña pila. Atilio lo contemplaba apoyado contra un árbol de rugosa corteza.

—Linda mañana, ¿eh? –dijo Atilio.

El viejo, agachado sobre la pila de leña que acomodaba sin cesar, respondió con un recóndito sonido.

—Pero tal vez hace un poco de frío para la época –dijo Atilio.

—Ahá –dijo el viejo encendiendo un cigarrillo con sus pequeñas manos de cuero, resguardando la llama del fósforo con las palmas.

En el interior de la casa Gonzalito había acorralado a Ana y la sacudía violentamente por los hombros. Ahora se veía que era bajo y nervioso, pero flaco, muy flaco, a pesar del abultado sobretodo negro que lo cubría.

—¡Estúpida! ¡Estúpida!

—Flaquito —dijo Ana con voz lastimera—. No sabía, creía que el campo, con este aire puro...

Gonzalito le dio una bofetada.

—¡Estúpida! —gritó ahogadamente.

La Chola había agarrado el cordero muerto de una de las patas mutiladas y lo mostraba a Chávez y a Victoria. El primero sonreía reflexivamente pero Victoria, seria e inquieta, miraba con frecuencia a su alrededor. Natal llegó jadeante, caminando muy lentamente, como un personaje de tragedia griega interpretado a la rusa.

El cordero estaba despellejado y su costillar era una caverna llena de una húmeda sombra rojiza. A su lado colgaban los órganos internos y los testículos. La Chola soltó la pata y el cordero osciló levemente, como un péndulo siniestro. La Chola se echó a reír y dijo una grosería.

—Vamos, vieja —dijo Victoria—. No te rías de los muertos.

—No he dicho más que me muero de ganas de comerme sus cositas —dijo la Chola tocando los testículos y haciendo un gesto amoroso.

—Bah —dijo Victoria—. Te has comido tantos de hombres vivos. —Al asmático le causó gracia eso; quiso reír, pero emitió un sonido deplorable y después tosió llevándose el pañuelo a la boca.— No hagas fuerza para reírte, viejo —dijo Victoria poniéndole una mano sobre el hombro.

Detrás de la casa, el viejo sacudía la parrilla contra el suelo, golpeándola intermitentemente. De la parrilla se desprendían viejas escaras de óxido y grasa seca. Atilio lo contemplaba con una sonrisa, fumando. El viejo colocó la parrilla a un costado de la pila de leña y se aprestó a encender el fuego.

—Va a salir un asado macanudo —dijo Atilio.

—Si usted lo dice —dijo el viejo, sin prestarle atención.

En la costa

A eso de las once Victoria fue con su paso grave hasta la orilla del agua llevando a Natal apoyado en su brazo. Su amplio sacón rojo era un vivo manchón bajo el espléndido sol de la mañana. El rocío se evaporaba y un olor profundo se aspiraba en el quieto paraje. El agua se deslizaba impasible bajo el sol como un plateado organismo resplandeciente.

—Estás muy enfermo, viejo —dijo Victoria con voz suave mientras el viento jugueteaba en silencio con su cabello. Su rostro, que visto de cerca no podía ocultar la edad, tenía una hermosa expresión serena, la retraída obstinación femenina, la seriedad con que las mujeres toman la vida en un sentido biológico y que las acompaña hasta el límite mismo de la muerte.

—No es nada —dijo Natal—. No es nada. Desde que tenía cinco años de edad soy así. Es el clima de esa maldita ciudad lo que me pone así. Es esa humedad, ese humo negro. Son esas noches enteras alrededor de mesas de juego, entre el aire sucio y el humo espeso. —Jadeó.— No puedo... hablar... ya... se me pasará.

—Deberías irte a Córdoba. El clima es bueno allá para los pulmones.

—En eso he pensado. Pero creo que prefiero vivir aquí, con esta enfermedad, arruinado, así como estoy, antes que irme allá y vivir para nada. Es mejor esto a pesar de la mala salud: jugar, trasnochar, andar en líos con la policía. No tengo pasta para otra cosa.

En la otra ribera del riacho unas garzas blancas volaron un trecho aleteando sonoramente, y descendieron casi sobre el agua. El asmático las miró atentamente con sus ojos angustiados.

—No hay nada mejor que estar sano —dijo Victoria—. No

79

hay nada mejor que la salud. Después de eso se puede soportar cualquier cosa.

–Ésa es una forma de pensar de las mujeres –dijo Natal–. Los hombres somos más... heroicos. Entendeme. No se trata solamente de la salud.

–Estupideces –dijo Victoria arreglándole el cuello de la camisa y el nudo de la corbata–. Ya tenés cincuenta años, viejo. Es hora de que vayas pensando en cómo hacer para morirte cómodamente.

El asmático se rió quedamente y abrió aún más sus ojos brillantes hablando con una especie de jadeo entusiasta.

–Vamos, vamos –dijo–. Tengo cuerda para rato todavía.

Victoria lo sacudió con levedad y sus ojos relampaguearon.

–¡No es cierto! ¡No es cierto! –dijo con cierta desesperación ahogada.

–Victorita –dijo el hombre con asombro, mirándola con fijeza a los ojos–. Parece que no es mi vejez la que te preocupa.

Las garzas volaron un trecho más y descendieron como dos blancos manchones destacados contra el celeste metálico del cielo.

Una cosa

Ana lloraba sentada sobre una silla, el rostro oculto entre los brazos, apoyado sobre la fría superficie de la mesa. Gonzalito iba de un lado para el otro, detrás suyo; se había quitado el sobretodo y se friccionaba violentamente los brazos.

–¡Maldita infeliz! ¡Estúpida! ¡Estúpida! Ah... –se detuvo y se friccionó con ambas manos el pecho–. Me vuelvo ahora mismo, ahora mismo. Ah... No aguanto más.

–El aire puro... –decía Ana incoherentemente, llorando . Mi flaquito, yo no quiero que te des más. Yo no quería que te vuelvas a dar más.

—Ahora mismo. Vamos. –La agarró del brazo pero ella se aferró con las manos al canto de la mesa y chilló más fuerte.

—¡No! ¡No!

—Vamos te digo. Vamos a buscarla te digo.

—¡No! –dijo Ana.

—Anita, querida –dijo Gonzalito soltándola y friccionándose los brazos, con esa voz de falsete de quien llora y se resiste a llorar al mismo tiempo. Le alzó suavemente la cabeza. La carita de porcelana de ella estaba humedecida por las lágrimas–. Ana: por favor, amorcito, vamos a buscarla.

—Flaquito –dijo Ana llorando, mientras movía la cabeza en un gesto de negación–. Flaquito, la tiré. A toda. La tiré a toda anoche.

Gonzalito se separó bruscamente de ella y se quedó rígido, sin mirarla, como aterrorizado, los ojos extraviados en el vacío.

—¿Qué? –dijo con una mirada idiota.

Ana se puso de pie, arrimándose a él y abrazándolo, pero él permaneció duro como una estaca, a pesar de que ella se arrojó sobre su pecho y se enganchó de sus hombros.

—La tiré –balbuceó ella–. El aire puro, pensé que el aire del campo...

—¿El campo? –articuló Gonzalito–. ¿El campo? ¿Qué campo? Hija de...

Se puso a lloriquear con una mano apenas extendida y la otra sobre el pecho, como las viejas.

—¿Toda? Decime: ¿la tiraste a toda?

Ella lo miraba con terror, pero a la expectativa.

—A toda –dijo.

Gonzalito la miró. La sangre se la agolpó detrás de los ojos y lo llenó de visiones multicolores, de relámpagos verdes, rojos, azules. Primero le pegó con los puños y la hizo caer, y después, mientras ella chillaba y se revolcaba en el suelo, siguió pegándole puntapiés, sin parar, uno tras otro, sin mirarla, ya que movía las piernas con los ojos clavados en el vacío.

La Chola apareció corriendo y, agitada y ofendida, se prendió del cuerpo de Gonzalito tironeándolo y dándole golpes mientras Ana se arrastraba por el piso y se incorporaba en un rincón de la pieza, desde donde quedó mirando estúpidamente la escena con una mano en la boca y los ojos muy abiertos. Gonzalito le dio un empujón a la Chola que la hizo retroceder hasta dar con la espalda contra la pared.

—Hijo de una gran puta —dijo la Chola.

—¿Dónde está Atilio? —dijo Gonzalito tomando su sobretodo de sobre una silla, sin prestar atención a los insultos de la Chola.

—Criminal, hijo de puta —dijo la Chola.

—Mejor es que te callés la boca —dijo Gonzalito lleno de rencor en el momento de salir, volviéndose desde la puerta—. Mejor es que no te metas conmigo.

La Chola se volvió renegando hacia Ana, que lloriqueaba todavía con las manos cubriéndose el rostro.

—Ana —dijo. La abrazó. Sacó un pañuelo y le secó las lágrimas que dejaban una estela brillante sobre su rostro; después le dijo—: Ya lo vamos a arreglar a ese atorrante.

—Sí, señora —dijo Ana lloriqueando.

—Quedate así quietita —dijo la Chola acariciándole el hombro por sobre el pullover de lana rosada. Ana hipaba y suspiraba. La Chola le dijo mil cosas empleando ese tono que se usa para con las criaturas y obligó a la otra a sentarse. Se arrodilló junto a ella acariciándole el rostro con las manos.

—Vamos, vamos. No llores —dijo. Después se inclinó, la abrazó a la altura de la cintura, y apoyó la cabeza sobre su regazo, suspirando hondamente. Por sobre su cabeza, Ana dejó de lloriquear y la miró con un súbito asombro.

Reunidos

Natal se sentía ahora ágil y sano.

–Respiro, respiro –decía riendo–. Estoy bien aquí, soy otro. Me ha hecho bien este aire del campo. Estoy absolutamente normal. ¿Ven? ¿Ven? –Al decir esto respiraba profundamente y se golpeaba el pecho. Atilio lo agarró del brazo sacudiéndolo.

–¿No te decía, Natal viejo? ¿No te decía yo que era eso?

El sacón rojo de Victoria, bajo el sol, era un vivo organismo de suave y pesada consistencia. Ella permanecía con una expresión de desdeñoso desgano.

–Bueno –dijo con tono escéptico–. Ya podríamos volvernos.

Atilio la miró seriamente.

–¿Qué es lo que no te gusta?

–Bromeaba, viejo –dijo Victoria, de pocas pulgas–. Vamos a festejar con una copa la resurrección de este coso.

Natal la miró con dolorido estupor.

–Victorita...

–No me río de nadie –dijo Victoria secamente–. Y no me digas Victorita, viejo. Se me pasó la hora para eso.

Atilio echó una mirada alrededor, como quien está distraído.

–Ya se sabe, ya se sabe –dijo calmosamente.

–Cuidado con lo que decís –dijo Victoria poniéndose roja y con tono violento.

Chávez interrumpió indignado.

–Che –dijo–. Se están portando como unos chanchos.

Del interior de la casa emergieron Ana y la Chola. Venían una junto a la otra casi rozándose los hombros y la Chola alzó la mano en un gesto de saludo. Ana le dijo por lo bajo que no comentara lo de Gonzalito.

El viejo les dijo que fueran a la mesa. Ellos permanecieron un rato todavía, en dos grupos conversando y riendo bajo el sol. De vez en cuando se escuchaba una risotada o un grito. Al fin fueron caminando lentamente hacia la mesa y se ubicaron alrededor de ella demorando bastante tiempo en hacerlo. El viejo, silenciosamente, distribuía trozos de carne asada en los platos. Todos conversaban y reían. De pronto se hizo silencio, esos silencios inesperados que surgen en medio de una conversación animada, y que se producen porque, por casualidad, se han callado todos a la vez. Entonces alguien dijo:

–¿Dónde está Gonzalito?

Gonzalito

Gonzalito había corrido más de tres cuadras, lloriqueando, y ahora estaba echado de panza en el suelo, cerca del agua; lloriqueaba, echado de panza en el suelo, porque, un rato antes, Atilio le había dicho:

–Antes de darte las llaves del coche para ir a buscar cocaína, las tiro al fondo del río.

Reunidos

–¿Gonzalito?

–Andará por ahí –dijo Atilio de mala gana, con los ojos fijos en el plato– buscando alguna amapola.

Ana se puso de pie, lívida:

–¿Qué le hiciste?

Nadie hablaba. Atilio cortó un trozo de carne asada, lo masticó cuidadosamente, lo tragó y moviéndose después sobre la silla, con la vista perdida en el medio del patio, dijo:

–Nunca me han gustado los morfinómanos.

Victoria miró a la concurrencia en general.

–No parece –dijo (y todos sabían a quién se estaba refiriendo)– por las compañías que acostumbrás a elegir.

—¿Compañías? —dijo la Chola, dejando de comer—. ¿Qué compañías dice esta degenerada?

Chávez pegó con el puño sobre la mesa.

—¡Basta! —Los cubiertos y los platos saltaron sobre la mesa, las botellas se tambalearon, Natal se sobresaltó.— O la terminan o me levanto de la mesa. ¿Quieren que me levante de la mesa?

Hubo una especie de murmullo general de desaprobación, y Atilio se mostraba ahora serio y confundido.

—Don Chávez, no... —dijo alzando una mano. Y luego, dirigiéndose a los presentes—: Es hora de que la terminen. Hemos venido aquí porque nuestro amigo Natal está enfermo (Natal asintió con la cabeza), y hemos venido para que mejorara. No hemos venido a enterrar a nadie. ¿Comprendido?

—¿Dónde está? —dijo Ana, arrojando su servilleta sobre la mesa, y retorciéndose nerviosamente las manos.

—No sé —dijo Atilio, dando por terminada la cuestión.

Recitativo junto al agua

El viejo en ese momento tomaba una brasa con la mano, la alzaba y encendía con ella un cigarrillo. A su costado, en una mesita sucia de grasa y restos de comida, había una botella de vino semivacía. La Chola, guiñando un ojo por los efectos del sol se arrimó a él.

—¿No se podría andar a caballo? —dijo. El viejo la miró con respetuosa y lenta atención y después dijo:

—No, señora. Lo único que hay es una yegua que está por parir.

La Chola se agachaba en ese momento para recoger una varilla del suelo. La tomó y golpeó con ella unos arbustos. El resto del grupo permanecía a veinte metros de ella, conversando. Atilio hacía grandes gestos, abriendo los brazos al parecer para demostrar el tamaño de algo, ya que abría los brazos en la medida de lo que quería demostrar, y después se miraba sucesivamente uno y otro brazo, y ensanchaba y acortaba el tamaño.

—No hay caballos —gritó la Chola, moviendo la mano sobre su cabeza, con las piernas abiertas, como había visto una vez en una película. Fue de una corrida hasta el grupo.

—¿Vamos hasta el río? —dijo Atilio—. A pie va a ser un buen ejercicio. El aire de campo es saludable.

—Sí —dijo alguien—. Para hacer una buena digestión.

—Sí —dijo otro—. Para mover el estómago.

Atilio lanzó una risotada.

—¡Que lo parió! —dijo—. Son una manga de atorrantes ustedes. Ahora se van a poner a mear en el río, intoxicando peces a rajacincha. —Se agachó y recogió él también una vara seca y comenzó a hacerla cimbrear en el aire. Después se adelantó unos pasos al grupo y fingió ser un espadachín, visteando con la vara sostenida por la mano derecha, y con el otro brazo estirado hacia atrás. La Chola vino con su vara y estuvieron macaneando un ratito, entre las risas y los gestos de los otros. Victoria permanecía seria y miraba todo aquello con desdén y fastidio.

Eran casi las tres. Hora brillante y calurosa, a pesar del prematuro frío matinal de mayo, los imbuía de una elasticidad primaveral y tenían esa sensación de ardiente fatiga que las siestas del otoño del Paraná dejan en las sienes y en las mejillas. Solamente Natal continuaba aún con el sobretodo puesto, pero lo llevaba desprendido y abierto, caminando con las manos embutidas en los bolsillos del pantalón. El cielo era transparente y delgado, de un celeste blanquecino lleno de un afilado polvo de oro, y el pasto, que es ralo cerca de la costa porque las constantes inundaciones que ocupan el terreno le impiden arraigar, también se mostraba fresco y limpio.

Fatigados por la caminata tocaron la orilla del agua en silencio, diseminándose a lo largo de ella; Victoria y la Chola recogían esos objetos que siempre se hallan en la orilla del agua: detritus y restos de descomposición que parecen juguetes, caracoles, esas cosas que atraen especialmente a las mujeres. A Atilio sólo le faltaban patas de cabra para ser un fauno: corría de aquí para allá, se inclinaba constantemente sobre el agua hundiendo su mano en ella divertido, viendo formarse las pequeñas ondas de la corriente alrededor de su mano. Se separaba del grupo y desde la distancia alzaba los brazos y hacía grandes gestos o bien gritaba palabras ininteligibles cuyo sonido el viento desintegraba y esparcía en el atenuado seno de la atmósfera.

Natal y Chávez caminaron muchos metros a lo largo de la ribera, inspeccionando el irregular terreno y conversando esporádicamente hasta que el silencio los venció, y luego, uno detrás del otro, caminando muy lentamente, Chávez delante, fumando con las manos cruzadas en la espalda, ligeramente encorvado, Natal detrás, abstraído, con el sobretodo doblado sobre el brazo y el ala de su sombrero levantada, fueron a sentarse sobre el pasto, a cierta distancia uno del otro, con las manos rodeando las rodillas y guiñando los ojos por los efectos del sol, mientras las dos mujeres y Atilio se movían inquietamente delante de sus ojos, como nítidos espectros cuyas voces el aire atenuaba, como seres desconocidos que estuvieran contemplando desfilar en un sueño claro y preciso.

Por fin la fatiga los venció a todos y se reunieron en la orilla, mientras el agua, en sucesivas y silenciosas ondas minaba subrepticiamente la tierra bajo sus pies.

—¡Qué hermoso día! —dijo Victoria, reflexivamente, reconciliada ya con todos, o simplemente indiferente a todos y libre por un instante de sí misma.

—Sí, señor —dijo Chávez—. Mientras nosotros perdemos el tiempo trasnochando y durmiendo y respirando mal, esto está aquí para todos, sin que se cobre nada a nadie.

Atilio habló con la voz enronquecida por la fatiga y el entusiasmo:

—Habría que venir más seguido. Propongo que se haga una vez al mes.

—No es para tanto —dijo Chávez—. Gocemos ahora. No conviene hacer muchos planes en nuestro caso. Es fácil que el mes que viene estemos todos en Coronda.

—No sea pájaro de mal agüero —dijo Natal, riendo. Después su rostro se ensombreció y dijo—: Oigan: me hubiera gustado vivir siempre así, en un lugar como éste. Nunca pensé hacerlo, pero me hubiera gustado. Estoy seguro de que si lo hubiera pensado me habría gustado.

—Che —dijo la Chola, alarmada—. Hablá un poco más claro.

—Está bien —dijo Chávez—. Yo lo entiendo. Se me ocurre lo mismo.

—¿Sí? —dijo Natal con una sonrisa.

—Sí, señor —dijo Chávez—. Labrar la tierra, vivir de la caza y de la pesca. Tener hijos que aprendan a hacer lo mismo que uno y que cuando se casen pongan su rancho a cien metros del tuyo, de manera que puedas verlo a las cinco de la mañana, cuando te levantás a recorrer los espineles. Digo lo mismo que Natal: me hubiera gustado si lo hubiera pensado. Creo que nunca lo pensé. Y ahora que me doy cuenta, estoy arrepentido por no haberlo pensado.

—¿La terminan? —dijo la Chola.

Atilio habló con su voz ronca.

—Sí, señor —dijo con un tono parecido al de Chávez—. Es mejor que la terminemos.

Gonzalito de nuevo

Gonzalito estaba echado en el suelo. Se mordía la manga del abrigo y lloriqueaba. Ana estaba sobre él, instándolo a que se levantara.

—Te voy a comprar una dosis —le decía zamarreándolo—. Esta noche misma. Ahora volvamos, así comés un poquito y dormís otro poquito. Te lo juro por Dios que te voy a comprar una. Andá flaquito, vamos con los demás. Vení a comer alguna cosita te digo. Flaquito. Flaquito querido.

Gonzalito lloriqueaba echado de panza en el suelo.

—No voy a aguantar hasta la noche —decía, haciendo pucheros, echado de panza en el suelo.

—Te voy a comprar una todos los días —decía Ana, tironeándolo para que se levantara. Gonzalito dejó de lloriquear. Ana dijo—: Venga, venga conmigo que le voy a dar algo de comer.

—Sí, mamá. Sí, mamá —decía Gonzalito, incorporándose a duras penas, sacudiéndose torpemente briznas de pasto y polvo adherido a la sarga porosa de su abrigo.

Mates, copas, naipes

Iba y venía como una sombra silenciosa y prescindente, ritual, como un espectro de contacto entre personas separadas, fuera del círculo de ellas pero reuniéndolas, vinculándolas, como un aedo podría vincular antiguas vicisitudes heroicas con asombros contemporáneos por medio de dilatados hexámetros, como una sacerdotisa con su rama verde vinculaba los dioses con los mortales; así, silenciosamente y en trance de una atenuada apoteosis, iba y venía tocando a uno y a otro sucesivamente con aquella achatada punta de plata, metamorfoseada en una sacerdotisa grave y simple, esquivando graciosamente los muebles y las personas, sin hablar, dando el tibio recipiente lleno de un líquido espumoso y verde a cada uno de los hombres que sentados alrededor de la mesa intercambiaban oros y bastos, copas y espadas que, en cuarenta figuritas estampadas en vivos colores de reverso inmutable, así como en las paredes de la iglesia se representa toda la Pasión en unos pocos bajorrelieves inmóviles, representan las constantes motivaciones del mundo, las cosas por las cuales los hombres pelean y aquellas que les sirven para pelear, detrás de las cuales hay un monograma repetido siempre, invariable, que no significa nada.

Como los hombres no eran más que tres, lo habían traído al viejo para que completara el cuarteto. El viejo había accedido respetuosamente aunque sin entusiasmo y a cada rato se levantaba recordando que la yegua, que era de su propiedad, estaba a punto de parir de un momento a otro, y se iba a echar un vistazo al establo, regresando al cabo de un momento para retomar la partida, en cuyo intervalo los hombres habían aguardado jugueteando silenciosamente con los naipes, despatarrados sobre las sillas, mientras la Chola iba y venía con el mate.

Victoria, separada del grupo, echada sobre un sillón de lona anaranjada, leía una vieja revista femenina que había hallado abandonada en una de las habitaciones de la casa y de vez en cuando se levantaba, iba hasta la mesa y, sirviéndose ginebra en una copa, regresaba con ella para continuar con su lectura, sorbiendo pequeños tragos sin prestar mayor atención a sus acciones.

Casi a las cinco habían entrado Ana y Gonzalito. Ella lo había obligado a comer un poco de carne que había quedado horas y horas junto al fuego extinguido lentamente hasta quedar convertido en una suave y fina capa de ceniza, y entraron en silencio, ella apoyada sobre su brazo, él apaciguado ya, con la visera de la gorra gris alzada sobre la frente y el sobretodo sin enfundar colocado descuidadamente sobre los hombros. Ella fue a sentarse cerca de Victoria y él, como una criatura arrepentida ya de haber llorado, y resignada respecto de la causa y origen de su llanto, se acomodó sobre un sillón fumando y dormitando, con esa expresión sombría que solía adoptar de a ratos, pero que ahora se había posado sobre su rostro habitándolo permanentemente.

Eran casi las seis. El aire se había tornado azulado, pero de un azul plomizo y frío, un aire duro y nítido que, contra el relieve de las ramas peladas y lustrosas de los árboles que habían perdido ya durante el avanzado ciclo del otoño su antes verde y medular sombra, esplendía oscuramente con tenues chispazos de una luz aguda y sombría.

En la habitación se respiraba un clima de paulatino adormecimiento, como si una poderosa pero sutil presión hubiera ido inmovilizando lentamente la atmósfera y los cuerpos. Cuando dejaron de jugar, en uno de aquellos paréntesis que se hacían mientras el viejo iba a vigilar la yegua parturienta, Natal dijo:

—Me he sentido bien hoy. Creo que no voy a vivir más en la ciudad; creo que el campo es lo mejor para mí. Si puedo levantar una partida grande, me voy a establecer en Córdoba.

Atilio se rió de lo que estaba a punto de decir, y después le dijo:

—Todos queremos que Natal Pérez respire el aire que le corresponde en esta vida. Si hace falta armar una partida, la armaremos, y si tenemos que usar dados cargados, los cargaremos, Natal viejo.

—Sí, señor —dijo Chávez.

—Todos tenemos derecho a respirar el aire que nos corresponde —dijo Atilio.

Victoria se echó a reír con escepticismo.

—No pensabas lo mismo de cierto tipo que ahora está bajo tierra —dijo.

Atilio quedó rígido, la miró lentamente de reojo, y por un momento hubo un espeso silencio en la habitación. Después se removió sobre la silla y dijo:

—¡Que lo parió! Las cosas que por ahí dicen de uno.

De nuevo esa cosa

La Chola tocó suavemente el brazo de Ana.

—Corazoncito —le dijo—. ¿Me acompañás al cuarto de baño?

Caminaron por un pasillo oscuro y en la mitad del trayecto la Chola se detuvo.

–Ana.

–Señora. No me mire con esos ojos.

–¿Tenés miedo?

–No, señora, pero... –dijo Ana, pensando: "¡Qué mirada!".

–Anita.

–Señora, señora.

En la penumbra del pasillo un brazo se movió, difumado y espeso, en un silencio de tibia lana.

–Señora –dijo Ana–. ¿No quería ir al baño?

Un par de ojos brillaban fijamente, y el otro par estaba vuelto ligeramente hacia arriba, dejando mucha pupila en blanco, en una expresión de sufriente y femenina disponibilidad.

–¿No querés venir a vivir con nosotros?

–¿Con ustedes? –la voz era un hilo fino y deshilvanado–. Señora, ¿no sería mucha...?

–¿...molestia? Ninguna, corazón. ¡Me haría tanto bien tu compañía!

–En ese caso, señora... –dijo Ana, pensando: "No todos los días una tiene la suerte de encontrar una patrona que se enamore de una. Aunque hubiera preferido que fuera un hombre"–. En ese caso...

–Corazoncito –dijo una voz ahogada.

Cuando regresaron nadie hablaba, pero Victoria interrumpió su lectura.

–¿Fueron de paseo? –dijo, con una mirada fría y rápida.

–Fuimos al cuarto de baño –dijo Ana tímidamente, desviando la vista, mientras las orejas se le ponían rojas y ardientes.

–Tené cuidado, hija –le dijo Victoria, sin dejar de hojear su revista–. Esta señora puede hacerte madre de familia.

–Cuidado –dijo la Chola, poniéndose las manos en las caderas–. Habló la virgen María. Pero si es una santa. ¿No la ven?

Natal sonreía melancólicamente.

–Por lo menos –dijo Victoria– nunca le he faltado a la naturaleza.

—Hija de una gran p...

Atilio se puso de pie estirando perezosamente los brazos.

—Bueno, bueno —dijo—. Ustedes las mujeres siempre andan peleándose y amigándose, pero cuando se reúnen en contra de los hombres, Dios nos libre. No conozco ningún caso de mujeres que se hayan matado entre ellas.

En ese momento el viejo entró muy agitado.

—La yegua está pariendo —dijo, y desapareció corriendo por otra puerta.

A su alrededor en silencio

—Quieta, quieta.

La yegua estaba echada sobre un amarillento colchón de paja seca, con los ojos abiertos en una expresión similar a la que Natal había tenido durante la mañana, y sacudiendo débilmente las patas. El viejo, arrodillado junto a ella acariciaba con suavidad su lomo brillante del que parecía ascender un halo tibio, un relente de cálida humedad animal. Por un ventanuco de madera que el viento golpeaba con intermitencia, los últimos destellos de un cielo azul acero, inmóviles, se destacaban contra las desnudas varas de un árbol sin fronda, mientras el aroma espeso del avanzado otoño se mezclaba con el de la paja en una atenuada pero aguda combinación que enfriaba la raíz de los pelos y acumulaba en el interior del establo una atmósfera gradualmente sombría.

—Quieta —dijo el viejo.

Junto a él, sobre la paja, había una palangana con agua y una gruesa manta militar. El viejo prodigaba infinitos cuidados a la yegua, que soportaba el parto con una especie de dolor abstraído, como de una portentosa santidad.

Los siete contemplaban la escena. Los hombres graves, solemnes, con los brazos delicadamente pegados al cuerpo, en una posición como de homenaje, permanecían inmóviles sostenidos en una ligera inclinación hacia el hombre y la yegua, intimidados y como perplejos ante esa suerte de familiaridad heroica en que el hombre y la bestia desenvolvían su trato.

Las mujeres, capaces de una mayor adecuación a las situaciones de la vida y la muerte, pero incapaces de asumirlas fuera de sus propias individualidades, habían adoptado una actitud más transitoria y activa que la de los hombres, ya que mientras el rostro de Victoria se había estirado empalideciendo y afilando demasiado la línea de su nariz, los ojos de la Chola contemplaban aquello con una mezcla de repugnancia despectiva.

Solamente Ana no tuvo el valor de mirar. Con su fina mano apoyada suavemente entre los senos, desvió la cabeza hacia los destellos inmóviles del cielo azul nítidamente estampado detrás de las lustrosas varas del árbol desnudo, y con una expresión de delicado sufrimiento permaneció inmóvil, con la garganta estrangulada por algo que ella imaginaba y sentía como una blancuzca placa orgánica y húmeda. Sin mirar, percibía por un ligero instinto de adivinación o una indirecta forma de conocimiento, así como sabemos sin mirar ni oír que algo se desplaza detrás nuestro, los concentrados movimientos amorosos del viejo y las débiles sacudidas de la bestia. Paso a paso siguió los detalles de la situación imaginando a un oscuro organismo húmedo, viscoso, que, formando un suave y débil pseudopodo intentaba lograr contacto con otro organismo similar, que se estiraba también lenta y pesadamente.

Paso a paso. Pero la mano suavemente depositada sobre el pecho fue modificando su posición y su actitud de la misma manera, paulatinamente, ya que primero aferró con la punta de los dedos una arruga del pullover rosa y cuando ya la sustancia de la cual asirse y en la cual descargar el dolor fue insuficiente para la magnitud del dolor mismo, la mano fue trepando, blanca, carnal y sufriente por el pecho y se detuvo en el blanco, carnal y sufriente cuello angustiado. Pero el dolor era demasiado como para que el simple ro-

94

ce, el mero tacto, lo comunicaran a la carne, siempre deci-
dida a soportar más de lo que se ha dispuesto infligirle, así
que los dedos se engarfiaron en la suave piel del cuello, y la
simple conmoción de la piedad y del amor sólo fue total
cuando la sangre participó de ella, cuando la sangre la dig-
nificó asignándole eternidad y grandeza.

El viento golpeó otra vez la ventana y se detuvo. El intervalo se extendió, se extendió hasta esa combada medida
en que sólo puede desenvolverse el silencio. Por un instante no se percibió movimiento y el color, el amarillo rojizo
de la paja y el azul acero del cielo detrás de las lustrosas varas del árbol sin fronda, destelló por última vez, permane-
ciendo la luz desde entonces viva pero invariable, en un resplandor final sin cambio y sin tiempo.

Cuando la hoja de madera volvió a golpear, en el rectángulo azul acero hubo un destello y, como la vigilia de la
carne era ya superflua, Ana cayó desvanecida.

El viento

–¿Listos?
–Listos.
–¿Todo en orden?
–Todo en orden.

A una señal de Atilio, que conducía el primero, los dos
coches evolucionaron frente a la casa, pesadamente, y después retomaron a la inversa el camino por el que habían
venido, dando bandazos como si estuvieran enfermos o
borrachos. El viejo permanecía frente a la casa, respetuosamente, fumando un cigarrillo, con una mano en el bolsillo de su bombacha y erguido y firme, pero despacioso y
austero, sin efusiones ni excesivo retraimiento. Había os-
curecido, pero era una noche de blanquecina claridad y todo alrededor de la casa era un ordenado y apacible contraste de espesas sombras y agrisados manchones estelares.

Desde cierta distancia no se veía del viejo más que la punta incandescente de su cigarrillo, aunque su sustancial y pacífica presencia se adivinaba con facilidad, aun cuando bajaba el cigarrillo de la boca y la brasa permanecía invisible, y la silueta de su confusa figura se fundía y esfumaba en el seno de la penumbra. Así permaneció largo rato, inmóvil, sin oír los característicos ruidos del campo que, en el silencio de la noche, resuenan nítidamente sobresaltando a veces a la gente de la ciudad que va a pasar el fin de semana en las quintas de las afueras. Por fin arrojó el consumido cigarrillo que describió un arco rojo y fino en el aire y estalló en el suelo produciendo una pequeña conmoción y un ligero chisporroteo. La suave brisa enfriaba el rostro del viejo, que ahora pensaba en el potrillo y en la yegua, con un sentimiento de satisfacción serena e inmutable, como si él fuera el padre y hubiera engendrado al potrillo luego de un amistoso y tranquilo convenio con la yegua. La brisa era ahora un viento leve y agudo, de alfileres sin puntas ni malas intenciones, y él dio media vuelta y se internó en la casa. Por un momento la puerta principal quedó vacía, silenciosa, y el viento siguió desarrollando su intensidad hasta que desde el interior de la casa fue avecinándose lentamente un resplandor amarillo que iluminó la entrada cuando el viejo llegó y abrió la puerta, con un sol de noche en la mano diseminando un gran chorro de luz oleaginosa. El viejo cruzó lentamente el patio, iluminando a su paso el terreno en sombras, mientras las sombras de los árboles se desplazaban detrás suyo en un *tempo* más rápido que el de su andar, y a paso lento se internó en el establo. Inmediatamente por la puerta se vio, desde afuera, un gran movimiento de luz y sombra, como si el viejo levantara y bajara el farol o lo moviera balanceándolo, pero después aquellos claroscuros dinámicos se detuvieron y un chorro de claridad inmóvil emergió definitivamente de la puerta.

Afuera, en la oscuridad, el viento corría entre los pastos desplazando hojas secas y papeles de diario, desmoronando, desintegrando y esparciendo una suave y agrisada capa de ceniza.

Final

—¿Me vas a comprar una todos los días? —decía mimosamente Gonzalito, echado sobre el regazo de Ana en el asiento trasero del coche que Chávez, con un cigarrillo entre los labios, conducía atentamente y sin hablar.

—Te voy a comprar todo lo que quieras —decía Ana.

También Natal, en el otro coche, viajaba ahora en el asiento trasero, junto a Victoria, que miraba abstraída por la ventanilla. Natal había comenzado a respirar dificultosamente y se llevaba de vez en cuando el pañuelo a la boca, con angustiados movimientos lentos.

—Me siento mal —dijo.

Atilio estaba taciturno, melancólico, y conducía sin atender la conversación, sin importarle nada Natal ni los demás. La Chola pensaba en Ana.

Victoria suspiró.

—Todos estamos para el diablo —dijo.

Uno detrás del otro, los coches cruzaban ahora el puente colgante, y pasando junto a las luces de la avenida costanera, por sobre el rumor constante del río, penetraban en la ciudad.

Paso de baile, un poema

En la zona del puerto tumbamos sillas y mostradores
así combatimos casi toda una noche casi hasta la
[sangrienta madrugada
contra azules policías siniestros
estruendosas estrellas fugaces originaron los revólveres
flotó un ambiente de actividad dentro del bar por mucho
[rato
las mujeres colocáronse sacos masculinos sobre los vestidos
[de noche
ofreciendo ginebra y cigarrillos tanto como tiernas y
[roncas palabras
a los caídos que contemplaban el pandemonio con ojos
tristes desde los rincones.

Por dos veces estuvimos a punto de ser vencidos
pero en un sombrío intervalo de la batalla juramos
no desechar una muerte heroica no desperdiciarla
continuamos serenos en nuestros puestos de combate
serios reconcentrados a punto de desmoronar el caos de
[nuestras vidas
en un oscuro orden de silencio gradual.

Así hasta que como el polvo o el sueño
la batalla se dispersó dejando seres caídos
y la memoria de una furia verde y eléctrica
después nos habitó la fatiga sin esplendor

dormimos en rueda sobre el piso o en camastros
                              [improvisados
pero cuando se desencadenó la mañana reintegramos
                              [cada cosa a su lugar
restablecimos sin vacilaciones lo que considerábamos
                              [nuestro orden
y durante dos días y dos noches
permanecimos en una delicada vigilia
junto a los solitarios cadáveres de nuestros camaradas
ardiendo ya en un helado desbocamiento desvaído
de nuestros viejos y amados compañeros
caídos durante el trafalgar de la batalla
eligiendo con su candorosa destrucción
la inútil persistencia de los días.

Segunda parte

MÁS AL CENTRO

El asesino

a Alberto Nícoli

Cerró la puerta y permaneció apoyado sobre ella, de espaldas, con las manos agarradas todavía al picaporte. Acababa de llegar de la calle y me miró largamente primero, esbozó una sonrisa como de alivio, y suspiró con lentitud y pesadumbre, como si hubiera venido exclusivamente a hacer todo eso. Rey era alto y corpulento y el liviano traje de hilo tostado que vestía era demasiado amplio y le colgaba de los anchos hombros. Se hallaba entre excitado y melancólico y hacía gestos como de asombro sin pronunciar una palabra como si una fuerte conmoción lo aturdiera sin desesperarlo, sorprendiéndolo desde un ángulo exclusivamente intelectual. Siempre había sido sereno, silencioso, casi huraño. Tenía treinta años o un poco menos y había escrito una novela que nunca publicó. Últimamente no hacía nada, salvo vagar constantemente por la ciudad ("la bendita ciudad de porquería", como él decía) emborracharse de vez en cuando en cafetines de la zona del puerto, y hablar mal de la literatura. Entre sus círculos viciosos figuraba hacerme una visita de vez en cuando. Arrimó una silla y la colocó frente al escritorio, donde yo me hallaba trabajando.

—Me hizo pasar tu mujer —dijo mientras se sentaba—. Dame un cigarrillo.

Se lo di y él lo encendió, sacudió el fósforo y miró largamente la biblioteca.

—Estoy asombrado —dijo. Miró nuevamente la biblioteca, echó el humo, miró el techo, distraído, y después me clavó la mirada—. Acabo de matar a alguien —dijo.

Temblé un poco, interiormente. Él volvió a recorrer la habitación con la mirada.

–¿No hay un poco de ginebra? –dijo.

–Sí –dije–. Seguramente. –Sonreí.– ¿A quién?

Me miró fijamente y después observó con mucha atención algo que se hallaba detrás mío, con un interés casi científico. Yo sabía, creía saber que no estaba mintiendo.

–Marcos –me dijo–. A una muchacha. No sé cómo se llama. ¿Qué hora es?

–Las once y media.

–Fue a eso de las diez. La encontré en el ómnibus. La invité a bajar y lo hizo. La llevé al parque sur. Le di unos besos y después la estrangulé y la dejé abandonada ahí mismo. Se le salió un zapato. Estaba muy oscuro. No alcanzó a decir una palabra. ¿Habrá algo para comer? No he cenado.

Bajó los ojos y vio cómo temblaba mi cigarrillo pero no hizo comentarios. Yo decidí apagar el cigarrillo y ponerme de pie.

–Rey –le dije–. Una vez viniste a decirme: "Fui a un negocio y cuando el dueño se descuidó, abrí la caja y me llevé todo lo que había adentro". Yo te contesté que no me importaba.

–¿Qué me interesa a mí lo que a vos te importa? –dijo él, con aire taciturno, como pensando en otra cosa.

–¿Es cierto?

–Totalmente.

Mi mujer entró en ese momento. A ella le gustaba Rey. Lo trataba como a un hermano menor, como a un hijo, y le encontraba talento, aun para el escándalo. Le daba todos los gustos y se sentía encantada con todo lo que él hacía.

–Clarita –dijo Rey a boca de jarro, con una expresión tan particular que mi mujer creyó que estaba enojado conmigo–. ¿No me traerías un poco de queso y un vaso de soda fría?

A veces Rey me echaba en cara mi manera de ser, porque decía que a mí me importaba demasiado ser judío; decía que para poder comportarme tan naturalmente como si no lo fuera, siempre, tenía que tener siempre presente que lo era. Clarita salió nuevamente de la biblioteca, encantada con lo de Rey. Él se volvió hacia mí, siempre con su aire distraído.

—Como Raskolnikov —dijo—. Como Erdosain. Como Christmas.

Hubo un cierto relampagueo en sus ojos.

—¿Vas a denunciarme? —preguntó con leve curiosidad.

Me moví un poco sobre la silla. Dudé. Necesitaba que me explicara.

—No —dije—. ¿Lo hiciste para jugar al ajedrez con la policía?

—Lo hice para establecer una escala adecuada que atribuya una medida a mi indiferencia —dijo con un aire sombrío.

—¿Qué comedia es ésta? —pregunté, exasperado. A ratos creía que decía la verdad, pero a ratos creía que estaba mintiendo. Él permanecía indiferente, distraído, remoto, y tal vez un poco melancólico.

—Voy a escribir una novela —dijo vagamente.

Nunca había hablado de escribir en los últimos dos años.

—Yo estaba como enfriado, como esos motores. Puse los dedos sobre el cuello y sentí como un fulgor de movimiento en mi interior. Cuando aflojé los dedos, era otro; había decidido escribir, como si el tiempo que duró mi cri... —se volvió bruscamente al oír la puerta. Clara entró con una fuente sobre la que traía una botella de vino blanco, jamón, masitas de agua, y *pâté de foie*. El vino estaba helado.

—Al César lo que es del César —dijo Clara riendo. Rey se llamaba César.

—Hay demasiado poder en mi nombre —dijo Rey—. Demasiado.

Clara reía.

–Clara –dije–. Es mejor que salgas. Lo lamento. Rey y yo...

–¿Por qué? –intercedió él–. Marcos no quiere que sepas que acabo de estrangular a una mujer.

Clara abrió un poco los ojos y la boca y después se echó a reír, poniéndose una mano en el pecho.

–¡Qué bueno! ¡Qué bueno! –dijo–. ¿Así que Rey...? ¡Qué bueno!

–Clara.

Ella dejó de reírse.

–*Lo ha hecho. En serio* –dije.

Le saltaron las lágrimas. Quedó boquiabierta.

–¿Qué? –dijo.

–La maté –dijo Rey con cierta petulancia. Se miró las manos–. Con estas manos. Como Raskolnikov; pero yo no soy tan estúpido como él. Yo no voy a darme dique en los salones por eso. Nadie va a saberlo, salvo ustedes. No sé si no lo hice para tener algo que contarles. Ella estaba parada en una esquina y me miró un poco provocativamente y yo me acerqué y ella me propuso algo por cierta suma y entonces...

Dejé de escucharlo. Estaba mintiendo, como un loco. ¿Por qué diablos venía con esas historias? Clara sufría y lagrimeaba y él se había posesionado de su relato, hasta el punto que se paró y comenzó a reconstruir los hechos que, por supuesto, no coincidían con los que me había contado a mí.

–No le hagas caso –dije–. Te está tomando el pelo.

–Oh –dijo Clara, un poco molesta.

–Así es –dijo Rey satisfecho–. Me estaba riendo de ustedes.

–Es un imaginativo y un vago –dijo Clara.

Rey suspiró.

–Lo soy, no cabe duda, pero no tanto –dijo–. La muchacha existe en realidad. La vi desde el café mientras seducía a un estudiante. Después vi cómo se alejaban juntos.

Pensé seguirlos y asesinarlos. Temblé un poco. Lo juro. Después me pareció ridículo, fuera de mis posibilidades. Dame vino. Lo pensé con todas mis fuerzas: ir por detrás de ellos y matarlos. ¿Es un crimen acaso?

Transgresión

Oí su voz descendiendo desde mi cuarto las escaleras, alcancé a oírla: una voz rápida y cálida, invadida por una corriente secreta bajo el aluvión vivo de las palabras. Dormí mucho tiempo en la terraza, entre los libros, quedándome solo por las noches entre los ruidos pesados, intermitentes de la penumbra. Esa mañana era domingo y acababa de despertarme casi al mediodía. Yo había oído el día anterior, vagamente, que ella iba a venir. Lo había dicho mi padre en la mesa. Y ahí estaba, como la vi por primera vez desde la escalera: la espalda estrecha, las caderas, el pelo vagamente rubio, las piernas de una piedra delicada. Se volvió y me miró, como si sonriera, sin dirigirme la palabra. Más bien miró nuevamente a mi madre.

—Éste es Carlos —dijo. Recién entonces habló conmigo.

—Yo soy Clara.

Tenía la boca ancha y la nariz ligeramente aplastada, pero eran sus ojos los que evidenciaban que ella era mayor que yo, su mirada malévolamente rápida, su persistencia aun cuando la retiraba de mí y la dejaba deslizar agudamente sobre los objetos.

—Sí —dijo mi madre—. Carlos.

Y ella, mirándome nuevamente, como si sonriera:

—¿Filosofía, no? —hablando después con mi madre de esos temas que sólo pueden interesar a las mujeres, esos temas mediante los cuales las mujeres parecieran demostrar que más que un sexo son una francmasonería.

Después de un rato regresó mi padre: había ido a misa

de once y volvía para la comida. Besó a Clara, a la que no había visto todavía. Le preguntó por su familia y ella respondió a sus preguntas con tanta obediencia y minuciosidad que sospeché que estaba tratando de sacárselo de encima.

—Todos muy bien —dijo por fin, rápidamente, mirándome.

—Tu padre y yo —dijo papá, tuteándola— hemos sido siempre grandes amigos.

—Sí —dijo Clara—. Papá me ha contado —mirándome después rápidamente, como queriendo decir: "Somos iguales. Estás vigilándome".

Durante el almuerzo ella habló mucho. Hablaba con esa corriente secreta de sentido bajo el aluvión de las palabras y se dirigía a mí aunque hubiera aparentado ignorarme todo el tiempo. Parecía decir: "Nada de lo que estoy diciendo es verdad. Revelaré lo que soy más adelante, cuando estemos solos. Estate alerta". Mi padre la escuchaba con su grave pericia, la camisa impecable, la nuca rapada, las manos llenas de unas vetas como de cristal de cuarzo. Mi madre estaba silenciosa aunque alegre. Clara le gustaba. Ella regresaba esa noche.

—Carlos va a mostrarte la ciudad —dijo mi padre.

Y ella, mirándome:

—¿De veras?

Era un delicado domingo de otoño, de luz fina. El cielo estaba claro y seco a la siesta, cuando salimos a tomar un café y a recorrer la ciudad. No sabía adónde llevarla.

—Adonde te guste —dijo.

Habíamos hecho media cuadra desde casa. Quise sondearla.

—Siempre me ha gustado lo peor —le respondí.

Ella se echó a reír.

—Coincidimos —dijo.

—Ésta es una ciudad con casi ningún monumento —le dije, mirándola—. No hay más que gente, como en todas partes, y la gente es la misma en todas partes.

Ella se arreglaba el cinturón ceñido a su cadera.

–Quiero verla –dijo–. Me gusta la gente.

Decidí llevarla primero al puente colgante.

–Bueno –dijo ella–. Pero no me cuentes cómo lo construyeron.

Fuimos. Subimos a un viejo tranvía, tembloroso y ruidoso, y recién allí tuve conciencia de su cuerpo. Su muslo, aplastado sobre el asiento, tocaba el mío levemente cuando el movimiento del tranvía sacudía nuestros cuerpos. Descendimos al final del recorrido. La costanera estaba llena de gente, a pie o en coches, gente que paseaba con radios portátiles o perros inquietos, hombres, niños, mujeres, muchachos. Al bajar del tranvía ella se detuvo, se puso una mano en los ojos a modo de visera, y oteando el puente dijo:

–Lo veo.

–No hagas chistes a costa nuestra –dije.

Ella sonrió.

–Dame un cigarrillo –dijo.

–¿Vas a fumar en la calle?

Clara me miró:

–Por supuesto –dijo–. Soy del campo pero he vivido mucho en Buenos Aires. Además soy buena lectora.

–No te rías de mí –le dije, dándole el cigarrillo. Ella se lo llevó a los labios y se inclinó a la llama del fósforo que yo le ofrecía. La gente la miraba. Llegamos al puente: desde la plataforma mirábamos el río. No soplaba viento. Ella fumaba en silencio.

–¿Cuántos años tenés? –preguntó, de pronto.

–Veintiuno –le dije.

–Yo podría ser tu madre –dijo–. Tengo veinticuatro.

–¿Sí? –respondí. Le gustaba molestarme. Después agregué–: ¿Y a qué se debe?

Se alejó un poco de mí, sonriendo, pensativa.

–¿Por qué me vigilabas durante la comida? –dijo.

–Yo no te vigilaba –contesté–. Eras vos la que me vigilabas para saber si yo prestaba atención a tu charla.

—Qué vanidoso —dijo ella, acercándose nuevamente—. Cuando te vi me di cuenta de que éramos iguales.

—Sí —le respondí—. Pero la diferencia de sexo cambia la situación.

—¿Qué pensás de tus padres? —preguntó a boca de jarro. Esperando mi respuesta, deliberadamente, señaló el agua y dijo—: Dan ganas de darse un baño o de tomar hasta ahogarse.

Yo esperé hasta que ella terminara.

—No me gustan las confesiones inútiles —le dije. Ella me miró.

—Carlos —dijo—. Estoy enterrada en ese pueblo. Estoy hasta la coronilla del Club Internacional del Disco, y de comprar libros por correo. Estoy harta de enterarme de lo que pasa en el mundo por los diarios. Quiero vivir de otra manera.

—¿Por qué no probás escribiendo una radionovela? —dije. Ella hizo una mueca, y después rió.

—Sí —dijo—. Tengo talento para el melodrama.

Me arrimé a ella. La baranda de hierro herrumbrado del puente estaba tibia por el calor del sol.

—No importa —dije—. Vale la pena oírte.

Caminamos un trecho en silencio sobre la firme plataforma del puente, bajo el cielo claro. Podía sentir el olor del agua. Ella caminaba mirando sin cesar el río, las islas, la costanera y la gente.

—No me dijiste qué pensabas de tus padres —dijo ella.

—Seguramente —respondí— tenés la esperanza de que sea algo parecido a lo que pensás de los tuyos.

—¿Qué se hace en esta bendita ciudad —dijo Clara— cuando uno se aburre de pasear por el puente colgante?

—Se va y se toma un café en una confitería —dije. Miré mi reloj; eran casi las tres—. Se va a un parque o al centro, o a tomar el té, pero más tarde, creo.

—Prefiero un café —dijo—. Y cognac.

—No creo que me alcance el dinero —dije.

—Creo que puedo colaborar con algo —dijo ella—. Tengo ganas de venir a vivir a la ciudad.

Caminamos silenciosamente hasta la confitería. Estábamos llegando cuando ella dijo:

—No encuentro pretexto.

—Una mujer inteligente como vos —dije— tendría que darse cuenta de que el mundo es mundo en todas partes.

—Te voy a ser franca —dijo ella—. El mundo será el mismo en todas partes, pero esa parte del mundo que se llama el placer no se encuentra en todos los rincones. En mi pueblo no hay gente inteligente. Por lo tanto no hay placeres inteligentes.

—¿No será un hombre lo que buscás? —dije mirándola de reojo. Ella se rió.

—Usás una perversidad tan pueril que estoy dudando de tu talento.

No supe qué contestarle ni qué sentido atribuir a lo que ella había dicho. Ella me miró, sonriendo.

—Yo pago el cognac y vos el café —dijo, mirándome.

En la confitería había también mucha gente. El otoño es hermoso cerca del río y la gente sale a gozar del sol delicioso y fértil, atenuada ya la furia roja con que cae y parte la tierra en el verano. Clara se sentó y llamó al mozo, con desenfado. Yo no dejaba de mirarla y ella lo sabía. Puso sus manos largas sobre el mantel y después se llevó una al pelo. Después fue al baño y yo la esperé. El mozo trajo los cafés y el cognac entretanto. Ella regresó y se sentó alegremente.

—Yo había oído hablar de vos en casa —dijo—. No se te quiere.

—En general no se me quiere —contesté.

—Yo te quiero —dijo ella. Lo decía en serio, de una manera muy particular. Me gustó su tono. Después tomó un trago de cognac y dijo—: Te vi durmiendo esta mañana. Estabas de costado hacia la puerta, entre los libros. Hay un Van Gogh en tu cuarto. Dormías. ¿Qué habías hecho anoche?

—Nada —dije—. Ah, sí. Fui al cine (hice memoria). Después charlé con unos amigos.

—¿Sobre qué? —preguntó. Hice memoria nuevamente.

—Sobre la ciudad —dije.

—¿Qué dijeron? —preguntó. Traté de ordenar una respuesta. Vacilantemente dije:

—Yo decía que una ciudad es algo que se debe vencer. Mi amigo dijo que yo decía eso porque era un resentido o cosa así... Yo le respondí que no: que vencer una ciudad era reducirla a la realidad convirtiéndola en un sitio habitable.

Ella calentaba la copa de cognac entre las manos.

—Tu amigo tenía razón —dijo—. Pero a mí me parece que ser resentido no es un defecto, es hasta justo si se quiere.

—Bien —dije—. ¿No serás comunista?

—No —dijo ella—, comunista no. Pero odio al pueblo en que vivo. A mí tampoco se me quiere.

—Eso de que no nos quieran es una cosa que no deja de gustarnos —dije, mirándola.

—Puede ser —dijo ella—. Depende de cómo suceda. —La miré. Ella sostuvo la mirada. Su labio tembló, hizo un gesto. Después miró por la ventana el cielo claro, los coches, la gente.

—Dame un cigarrillo —dijo con una voz casi sombría.

Media hora más tarde la mesa estaba llena de ceniza de cigarrillos, manchas de café y escarbadientes quebrados. Ella me contó muchas cosas en ese tiempo. Hablaba siempre como si estuviera confesándose, debido, seguramente, al largo silencio obligatorio del pueblo. Podía verla muy de cerca, frente a mí, hablando a la luz clara del sol cálido: moviendo la cabeza, las manos, los labios, las miradas, en medio del aluvión de palabras atravesadas por una corriente secreta de sentido. Yo le tenía hasta un poco de miedo.

—Una no sabe cómo salir ni a quién echarle la culpa —me dijo—. La cuestión es que termina agarrándoselas con los padres. Si me oyeran, ¿no es cierto? Los míos son tan considerados. Nunca me han prohibido nada sin pedirme previamente disculpas. Estoy cansada de ese pueblo muerto. Allí no se vive. ¿Te aburro? ¿No? Me gustan los muchachos como vos, Carlitos. ¿Te sentís solo? Es difícil, ya lo sé, y hasta inconveniente hablar así tan prematuramente, pero siento por vos una gran...

Llegó a parecerme que estaba burlándose de mí; pero no era así, sin embargo. Después me dijo:

—Contame algo.

—Sí —respondí—. ¿Qué te parece si volvemos al centro?

Ella se puso de pie mecánicamente.

—No todavía —dije—. Hay que pagar primero.

Tomamos la avenida que bordea el puerto y se extiende en medio de galpones de cinc estañado y muros estrictos y oscuros, dentro de los cuales trabajan algunas pequeñas fábricas y una usina. De vez en cuando se ven algunas palmeras, y algún farol roto. Clara dispuso que camináramos sobre la calle y no sobre la vereda. Le tomé la mano cálida y se la oprimí con fuerza, pero ella me dejó hacer sin responder a mi gesto.

—No soy una mujer excepcional —dijo—. Podrías creer que soy una p...

—No lo digas —la atajé—. No lo creo.

—¿Vas a opinar por tus glándulas, ahora? —dijo ella, con un tono de suave y firme reproche—. Todo lo que te han enseñado sobre las mujeres se ha apoderado de vos y funciona como tu misma respiración.

—Estoy por encima de esas cosas —dije.

La avenida estaba desierta pero de vez en cuando pasaba un coche a nuestro lado, zumbando. Lo mirábamos alejarse y disminuir de tamaño hasta que tomaba una curva y se perdía de nuestra vista.

—Seamos francos —dijo ella—. Una mujer que se acuesta el primer día con un hombre se sirve de una moral que deja mucho que desear.

—¿A quién le interesa la moral? —dije—. Uno gusta de una eficacia, de una piel, nunca de una moral.

La tomé del brazo. Ella me miró. Subamos a la vereda, dije. Ella obedeció. Dio un saltito y estuvo sobre la vereda. La empujé hacia la pared. "No", dijo. No le hice caso. "En la calle no", dijo. Me dio un empujón violento. "He dicho que no." Caminó tan rápidamente que tuve que seguirla a grandes pasos. Estaba enojada, pero me miraba como si sonriera. Un auto pasó velozmente y se perdió en una curva.

–Seamos inteligentes –dijo ella.

–No quiero –dije–. Si alguna vez me pego un tiro será porque he sido demasiado inteligente.

–Bueno –dijo ella–. Ahora soy yo quien debe soportar literatura.

–Un cuerno la vela –dije–. No me importa lo que pienses.

Ella se echó a reír y me dio dos golpecitos en el hombro, suaves, con el puño cerrado.

–Tu rostro es perverso –dijo–. Pero tus ojos son tristes. Los tigres tienen ojos melancólicos.

–¿Querés conocer la calle de los prostíbulos? –dije. Ella me miró.

–Qué zonzo –dijo, riendo–. ¿Para qué voy a querer conocerlos?

Bueno, la cosa es que empecé a sentirme bien al lado de ella, aunque era como si ella estuviera a caballo hablándome. No bajaba nunca. Estaba llena de miedo. Herida, sola, y para colmo llena de orgullo.

Como a las cinco llegamos al centro. Estaba casi desierto. Las mejillas de Clara, enrojecidas por el sobrio calor del sol claro de otoño, empalidecieron un poco refractando la luz ya exhausta de la tarde.

–Viajo hoy –dijo–. Tengo pasaje para las diez.

–Sería una estupidez pedirte que te quedaras.

–Exactamente –dijo ella.

–Estás a tres horas de aquí. ¿No vas a venir nunca?

–Por supuesto que sí –dijo mecánicamente. La luz del sol estaba ya un poco baja y sólo iluminaba con una luz dorada y porosa las fachadas de los edificios más altos. La calle principal estaba fría, como una cámara cerrada y llena de aire azul.

—Podría escribirte —dije.

—No me gustan las cartas —dijo ella—. No dicen más que falsedades.

La galería es chica, con una sola entrada. Pequeñas cajas de cristal alineadas vistosamente, ostentando pequeños letreros luminosos. Se oía música y había un poco de gente. Una muchacha de guardapolvo verde atendía la caja del bar. Clara me dio cien pesos para whisky y me aguardó en una mesa. Otra muchacha de guardapolvo verde me los sirvió cuidadosamente y me dio una jarra de cobre llena de agua. Fui con mucha lentitud hasta la mesa. Ella se levantó para ayudarme.

—Carlos —dijo, pensativa, después de haber tomado el primer sorbo del cálido líquido color té—. No vayas a pensar de mí.

Traté de mirarla dulcemente.

—Me alegro de que empieces a bajar del caballo —dije, tomándole la mano.

Ella sonrió. Miré su rostro. Estaba lleno como de una sombra gris.

—No importa lo que podamos pensar —agregué.

Clara se tomó el resto de su bebida de un trago.

—Vamos a tu casa —dijo, súbitamente.

—Aquí estamos solos —respondí.

—Me niego a estar sola con vos —dijo. Hice un gesto. Ella lo advirtió.

—Vamos —dijo, sin embargo. No tuve más remedio que acompañarla. Empecé a sentir que el tiempo se había ido demasiado rápido. Se lo dije.

—No sé por qué —dijo ella—. A todos nos pasa lo mismo.

Tuve suerte, o no sé qué. En casa no había nadie. Papá y mamá habían ido al cine y habían dejado una nota explicando que regresarían a las nueve, para la cena. Eran las seis.

—Tomemos una copa —dije—. Pago yo ahora.

Ella estaba lejos de mí, con una mano delicadamente apoyada sobre el pecho.

—Vamos a dar una vuelta por ahí —murmuró.

La miré riendo.

—Dame tiempo de propasarme.

Ella se rió.

—En serio —dijo, lentamente—. Si ellos vinieran.

—Cómo —dije—. ¿Y tu dichosa independencia?

Ella me miró, aproximándose. Me di cuenta de que no bromeaba. Se puso junto a mí y me tomó de las solapas, sacudiéndome levemente. Estaba sordamente rabiosa y como a punto de llorar. Entrecerró los ojos como haciendo un esfuerzo para que las palabras salieran justas, inevitables.

—Carlos —me dijo—. Mis padres me han hecho abortar una criatura. Ésa es la razón por la cual no puedo salir mucho del pueblo.

Estaba pálida. Lloró, súbitamente. Se echó sobre mí. Me sentí estúpidamente sorprendido. Ella había bajado del caballo para arrodillarse, para echarse furiosa, humildemente en la tierra.

—Bueno —le dije, palmeándola con suavidad—. Bueno.

Ella se calmó. Le di mi pañuelo. Saqué de un aparador una botella de ginebra y dos copas y fuimos a mi cuarto, en la terraza. Habían arreglado la cama. Clara se sentó sobre ella, apoyando la espalda contra la pared, justo debajo del "Campo de trigo de los cuervos". Le serví ginebra y le entregué la copa. Ella se bebió un trago. Intenté arrimar una silla a la cama para sentarme cerca de ella. Clara golpeó la cama con la palma de la mano.

—Aquí —dijo, mirándome a través de la copa. Me eché a su lado. Brindamos. Las copas produjeron un sonido duro y seco al chocar. Ella volvía a tener las mejillas ardientes.

—Por tus libros —dijo—. Por el club internacional del disco. Por las familias estiradas.

—No —respondí—. Por Clara. —Se tomó la ginebra de un trago. Temí que le hiciera mal; se lo dije.

—No —respondió—. Tengo alcohol escondido en mi ropero. Tomo unos tragos cada noche. Siempre me consigo alguna bebida.

Dejó la copa en el suelo y volvió a echarse como estaba. Yo empecé a temblar, levemente. Le tomé la mano.

—Dejá la copa —dijo entonces, comenzando a cerrar los ojos.

Cerca de las nueve, cuando oímos ruidos y voces abajo, fue como si la carne muerta comenzara a despertar, a renacer, como si hubiera muerto sencillamente para renacer. Ella se puso de pie de un salto; estaba descalza y se arregló la pollera. Se puso los zapatos sin hacer ruido. Yo la miraba, acomodándome también la ropa. "Es inútil —pensé viéndola—. Todo corre ahora por cuenta de ella. Va a darnos vuelta a todos, como a guantes." Terminó de arreglarse rápidamente, y después acomodó sin apuro la cama. Yo abrí la ventana del cuarto y grité: "¿Quién es?", temblando todavía; mi padre respondió. "Estoy aquí con Clara", grité. "Ya bajamos." Me di vuelta y vi que Clara hojeaba un libro, tranquilamente.

Cenamos y llegó la hora de partir. Papá y mamá la acompañarían a la estación. Yo no iría. Clara fue al dormitorio de mamá y trajo su bolso azul, ceñido y blando. Se acercó y extendió su mano. "Hasta pronto", dijo. Se la estreché. Mis padres aguardaban cerca de la puerta. "Hasta pronto", respondí. Ella caminó hasta la puerta, rápidamente. Se detuvo. "Un momento", dijo. Regresó hasta la mesa y trató de arreglar el cierre de su bolso. Estaba muy cerca de mí. No me miraba. Sin embargo por un momento la miré con intensidad interrogándola largamente y por fin cuando ya estaba a punto de levantar la cabeza para regresar y desaparecer, me pareció percibir en su semblante (en la frente, blanca y ancha, en los ojos, en toda la carne viva del rostro) una sonrisa secreta.

"Ella me ha pedido un sacrificio", pensó Gutiérrez muchas veces, mientras preparaba sus valijas, durante toda la tarde; después hizo fuego en el patio y ahí quemó todo lo que fue descartando en su revisión, papeles viejos y viejas cartas, manuscritos que lo avergonzaban al ser releídos, poemas, artículos. Al fin los cajones de los muebles fueron quedando vacíos, con una capa de tierra en el fondo, semiabiertos, y en el piso de las habitaciones aparecieron señales de aquel desmantelamiento, como si la casa hubiera estado abandonada mucho tiempo, a partir de un gran desorden. Gutiérrez cumplió con todos los requisitos ni triste ni alegre: cumplió con ellos simplemente, con un aire de preocupación que en realidad casi no se relacionaba con todo aquello y bajo cuyo peso él caminaba de una habitación a otra llevando camisas y libros, potes de crema de afeitar y peines, sábanas y reproducciones de Modigliani, de Picasso y de Klee enmarcadas según el nuevo estilo, con mucho blanco entre los bordes del cuadro y las varillas del marco, los vidrios cagados por las moscas. A veces se detenía con alguno de aquellos objetos y lo observaba cuidadosamente como si en él existiera algo que él hubiera olvidado por mucho tiempo y su contacto se lo recordara.

La hoguera se encendió en el crepúsculo; el cielo estaba quieto y opaco, estirado y liso sobre los árboles sin fronda, aunque a veces uno de sus rincones emitía un rápido destello, tan nítido ante la contemplación de Gutiérrez que él se atrevió a pensar que durante aquellos leves resplandores la tierra se detenía y su atención giraba sobre sí misma, regresando de donde estuviera para aplicarse enteramente a contemplarlos. "Visión de poeta", se dijo con una delectación atrevida. El fuego iluminaba su rostro desde abajo hacia arriba, de modo que llenaba de sombras los agujeros de sus ojos; la frente y la cima de la cabeza se diluían ante aquella poderosa iluminación que resaltaba el resto del cráneo.

Los primeros papeles que nutrieron el fuego fueron las cartas no personales, los recibos de librerías, las facturas, los papeles que contenían manuscritos incompletos, las revistas y diarios que no contenían nada de lo que él consideraba histórico. Después vinieron los poemas que ya no le interesaban: había escrito mucho, y los arrojaba uno por uno al fuego. Las llamas, veloces y oleaginosas, de un brillante matiz anaranjado, absorbían sin pérdida de tiempo aquellas hojas de papel restándoles significación, convirtiéndolas como bajo el inexorable obrar de un mecanismo destructor, en simples y frágiles cosas que no admitían diferenciación. Gutiérrez no estaba preocupado por eso. No es que hubiera dispuesto abandonar la literatura; al contrario. Quería, en lo que a su ejercicio personal se refería, deslindar sus impurezas, terminar con aquellos borradores que ahora no servían para nada, olvidar la técnica. Les echaba una mirada rápida y los iba dejando caer entre las llamas; con uno vaciló, se detuvo. Leyó

> *¿Has olvidado de llorar cuando*
> *de pie en la dársena quieto en la niebla*
> *viste ceder la nave ante el horizonte del mar?*
>
> *Las jarcias no verán nunca este puerto*
> *no habrá otro instante para tu tristeza.*

y lo arrojó al fuego.

Después llegó la noche. Las primeras estrellas aparecieron de súbito y fue necesario que él alzara la cabeza para advertir que ya no era de tarde. Hacía un poco más de frío y lo notó al separarse del fuego que ya no era más que un montoncito de negra ceniza con algunas chispas rojas que él veía como si se tratara de una ciudad iluminada en el fondo de un valle. En el dormitorio se echó un saco sobre los hombros y se detuvo de pronto mirando la cama que estaba con el colchón doblado en dos dejando ver la mitad del elástico. "La mayor parte de nuestra vida en común ha transcurrido ahí", pensó. "No habrá otro instante para nosotros." Como en un sueño oyó risas de polvo, voces de ceniza creciendo en el aire; proyectos, revelaciones, leves antagonismos. "Es muy distinto lo que pretendíamos uno y el otro; casi me atrevería a afirmar que era yo el engañado, no su marido. El desprecio que sentía por él era mucho más poderoso como vínculo que la calentura que pudo haberse agarrado conmigo." Proyectos, revelaciones. Gutiérrez se acercó un poco más a la cama irguiendo y haciendo girar un poco la cabeza hacia un costado como si tratara de oír algo, como si todo lo que había sido permaneciera todavía ahí y él pudiera ir deslindando sucesivamente todos los momentos, aquel tiempo dividido en movimientos, en palabras, en exclamaciones, en actos sexuales. Ahí debía estar la mayor parte de lo que habían sido. "No ha quedado nada, no hemos dejado señal de nada vivo." El polvo de aquellas voces enrarecía el aire, lo saturaba con una consistencia de cosa vieja, pútrida. Afuera, la noche se enfriaba gradualmente, como un cadáver. También Gutiérrez sentía frío: se acomodó con distracción el saco sobre los hombros y tuvo una especie de temblor liso y llano. "¿Es que no puede haber de mi parte un interés extrapersonal respecto de mi pasado, de lo que yo he sido? Nunca hubo amor. ¿Amor? Vamos, Gutiérrez."

Fue al restaurante de siempre, se sentó en la mesa de siempre, lo atendió el mozo de siempre. Era un hombre bajo, delgado, morocho, serio. Tenía el doble de la edad de Gutiérrez. Nunca habían hablado más de lo necesario, uno para pedir la comida, el otro para informar acerca de la variedad de los platos. Hoy no se modificaron sus relaciones. Comió con aquella abstraída minuciosidad con que siempre lo hacía, encorvado sobre el plato, bebiendo un trago de vino de vez en cuando. Una vez alzó la copa, la llevó a los labios y en la mitad de un sorbo quedó como congelado, seco; abrió los ojos y miró fijamente el vacío. "Recién ahora estoy comenzando a experimentar la sensación de que he sido traicionado", pensó. No pudo volver a pensar en *él*, ni en *ella*; pensaba en *ellos*, el marido y la mujer como fundidos en uno solo, solidarios en un mismo orden de vida, aliados incesantes para la preservación de ese orden; toda transgresión era un medio para fortificarlo, para infundirle nueva vida y hacerlo resaltar por el contraste. "Ella necesitaba de mí para volver a lo suyo, la piedra en medio del charco que se pisa agradecidamente para llegar a la otra orilla." Fumó dos cigarrillos después de comer antes de retirarse del restaurante. Afuera lo aguardaba la noche. "Le escribiré una larga carta. Les haré ver que soy menos imbécil de lo que ellos se han pensado."

"¿Te ha escrito ese hombre?"

"Sí. Me ha escrito. Nos ha escrito a los dos. No le entiendo."

El marido toma la carta con ese gesto que Gutiérrez adivina característico en los de su clase, una seriedad intelectual y un desprecio previo, mezclados con un verdadero afán de ser equitativos, y lo ve leer: "El mal, el pecado, están en esa seguridad y en ese orden que ustedes necesitan. Dentro de cinco años usted entregará a su mujer a otro amante para desagotarla de malos pensamientos". Ve dar un respingo al marido y a ella alzar la cabeza en un gesto de indignación.

Se dejó conducir por la imaginación, pasivo, estúpido, como quien se deja llenar una y otra vez la copa y no piensa que puedan intentar emborracharlo de mala fe. Estaba ebrio de imaginarse que sentaría un precedente. "Estúpido, estúpido. La oportunidad estaba en tu acto, no en la idea que después hayas podido formarte de él; esa carta será como purgarte después de haber comido demasiado; el pecado de tu gula persistirá y no hay manera de darlo vuelta." La idea de la carta estaba desechada. Arriba, en el cielo, las estrellas parecían trocitos de hielo incrustados en alquitrán helado; los árboles, sin fronda, eran complicados esqueletos cernidos sobre su desvalida cabeza.

Volvió a su casa. Al encender la luz vio las valijas. "Todavía no me iré." Un solo pensamiento, una sola iluminación había cambiado todo el panorama, con el mismo poder con que una luz que se enciende modifica totalmente una habitación a oscuras. Ahora podía ver los objetos con toda claridad, con una exactitud matemática. Incluso pensó por un momento que él lo había sabido todo desde un principio. Se desabotonó el cuello de la camisa y se aflojó el nudo de la corbata. En algún cajón todavía quedaba una botella. Miró su reloj: eran las once. "Estoy solo", pensó. Bebió un largo trago de ginebra como quien se arroja a un precipicio, como el niño que se decide por fin a mirar la imagen de Drácula en la pantalla. Fue hasta la cama, desdobló el colchón y se sentó sobre él, apoyándose sobre los barrotes del respaldo. Le pareció despertar de un sueño, y después quedar dormido, y después despertar nuevamente. En cada uno de aquellos entresueños, el marido y la mujer reaparecían en imágenes difumadas que los presentaban en gestos de ambigua seriedad o escandalizada indignación. A las doce (mucho tiempo después recordaba aquella noche y no podía saber si eran las doce, o la una, o las dos) había terminado la botella; sus grandes ojos agudos, sombríos, ahora eran blancos y vidriosos, delgados, como si sólo fueran una pátina barnizada y detrás de la superficie hubiera un hueco. "Grandísimos hijos de puta", pensó, y mientras lo pensaba se levantó, saltando de la cama. Quedó milagrosamente de pie y se balanceaba hacia atrás y hacia adelante. "Grandísima puta." Caminó unos pasos y estiró un brazo apoyándose en la pared, como un personaje de tragedia que sostiene físicamente el peso de su sufrimiento. "Vamos –se dijo– confesate que toda la cuestión es porque ella no va a estar más en esa cama." Movió la cabeza.

–No –dijo, mirando al vacío, con un gesto de obstinación entre consternado y dulce.

Apoyado contra la pared, cerró los ojos. A duras penas se friccionó la frente con la palma de la mano. La sintió tibia y pegajosa, como si hubiera estado manoseando mermelada y no hubiera podido evitar que un ligero resabio de su consistencia quedara adherido a ella. "¿Se te puede pedir un poco de objetividad? Bueno. ¿Tenés el saco puesto? ¿La corbata? Bueno. ¿Estás dispuesto a simplificar todo el asunto? Ya veremos."

Dejó todas las luces encendidas, pero tuvo especial cuidado al cerrar la puerta de calle. Se irguió tanto como pudo. "Nada de hacer macanas; es mejor que vuelvas a tu casa, estás a tiempo todavía."

Pero no regresó. Al otro día, a las seis de la tarde, limpio, afeitado, sereno, mirando la lluvia a través de la ventanilla del ómnibus en el que se iba a Buenos Aires, casi sonreía tratando de recordar, con una vaga satisfacción por todo lo que había ocurrido, aunque no podía establecer coherentemente el orden de los acontecimientos. De vez en cuando el paisaje le ofrecía un rancho gris, un árbol húmedo, un alambre estirado y brillante, una gruesa gota rompiéndose contra el cristal y él, más adelante, asociaría el recuerdo de aquel rancho con el recuerdo de un rostro pintarrajeado con un diente de menos, aquel árbol con extrañas sensaciones estomacales, con jadeos y vómitos, aquella gruesa gota acerada y transparente con un acto sexual oscuro y asqueante que él había realizado con odio y sin convicción, como si de pie frente a la cama hubiera estado contemplándose jadear sobre ella, aquel alambre de pronto esplendoroso con un charco de agua en una calle de las afueras. Y algunas cosas más con otras cosas: la nuca de un pasajero en el asiento delantero, rapada y espesa, con el gusto espeso y terroso del agua de aquel charco, y sus propias manos limpias y blancas sobre su falda, saltando a cada salto del ómnibus y temblando a cada temblor, con una risa ordinaria de mujer y una voz de hombre diciendo: "Dejalo; mañana lo va a encontrar algún alma buena; es un fifí". Y eso era todo, o casi todo.

No se había demostrado nada, no había logrado probarse ninguna cosa. Estaba tal vez mucho más confuso que antes; "descendí, por una noche, hasta donde nunca me creí capaz de descender. ¿Y qué? ¿Lo saben ellos?". La lluvia se hizo más intensa. En el asiento de al lado, un hombre leía con mucha seriedad su diario. Gutiérrez lo miró vagamente. Hacia el horizonte, una niebla azul envolvía la plácida, la triste llanura. "Es posible que con esto no me haya probado nada, pensó; sin embargo, sé perfectamente y sin engañarme, que en lo que se refiere a ellos, he conquistado mi independencia aunque ellos no lo sepan nunca."

Después leyó un rato, y después quedó dormido.

ALGO SE APROXIMA

a Susy, a Quicha, a Fauce

Barco estaba en cuclillas junto al fuego recién encendido y acercaba a la pequeña hoguera carbones y ramas secas guardadas para las ocasiones como ésas bajo la pileta de lavar la ropa, en el fondo de la casa; trabajaba con lentitud, moviéndose apenas, abstraído, como si esas tareas minuciosas y largas de las que siempre se hacía cargo no fuesen más que un pretexto para librarse de los demás y gozar a solas de su propio pensamiento. Las mujeres se hallaban en la cocina salando la carne o preparando la ensalada. Él, sentado bajo la parra, junto a la mesa sobre la que había una botella de vino y dos altos vasos de vidrio verde, observaba silenciosamente a Barco con interés y casi con dulzura.

—¿Dónde hay un papel? Un papel de diario —dijo Barco, mirando hacia todos lados y hablando como para sí mismo. Se desabotonó la camisa, tomó la parrilla y la colocó sobre las brasas, cuyas llamas disminuían gradualmente. Después se levantó, fue a la cocina y regresó con una hoja de diario que cortó en dos pedazos. Las arrugó y estrujó hasta convertirlas en dos pelotas abultadas y después limpió con ellas la parrilla. Pocha salió de la cocina con un plato lleno de trozos de hielo, que dejó sobre la mesa. Él le tomó la mano. Ella le sonrió y regresó a la cocina, entre el ruido seco de sus tacos y el suave bisbiseo de su vestido.

Barco terminó con el fuego y con la parrilla, se puso de pie y se aproximó a la mesa. Se echó hielo y vino en uno de los vasos, lo sacudió un momento para derretir el hielo y enfriar más rápidamente la bebida, y después se bebió de

126

un largo trago el contenido del vaso. Era alto, de piernas muy largas y pecho ancho y fuerte, y estaba vestido con una camisa de mangas cortas, blanca, y un pantalón del mismo color. Su cara estaba tostada por el sol de la playa y ahora sonreía con los ojos muy abiertos, como hacía siempre que estaba a punto de decir algo que acababa de pensar con mucho detenimiento.

—Toda enfermedad mental proviene de una crisis de la voluntad —dijo, volviendo a echar vino en su vaso. Sacó un trozo de hielo del plato, lo sacudió y empezó a acariciarse el rostro con él—. El enfermo no se decide a vencer su propia confusión —dijo—, pero la conoce.

—Seguro —dijo él, estirando los brazos, aburrido, y mirando a través de la parra cargada el plácido cielo de verano, la luna viva, dura y clara—. Valdría la pena ir poniendo la carne al fuego, ¿no te parece?

Barco rió y volvió a sacudir el trozo de hielo. Una gota cayó sobre el rostro de él, súbita y fría; él se sobresaltó.

—Perdón —dijo Barco, y abriendo mucho más los ojos, y riendo, agregó—: Habría que someter siempre a la gente a sensaciones inesperadas: echarles de sorpresa un balde de agua fría para hacerlos obrar auténticamente. La macana es que al tercer baldazo ya estarían habituados y ejercerían la hipocresía en forma mecánica.

—Por supuesto —dijo él—. En forma mecánica.

Barco hizo un gesto como de gran desolación. Después abrió mucho los brazos y miró en todas las direcciones.

—Hoy está escéptico —exclamó, como explicándoselo a un tercero.

Él se puso de pie. Tomó más vino y caminó después unos pasos bajo la parra. Se desabotonó la camisa y la sacudió un poco, como para airearse el pecho. Tenía el grave defecto de sudar de inmediato todo lo que bebía. Era una cabeza más bajo que Barco y aún más grueso; su camisa era celeste de mangas cortas y estaba húmeda y adherida a la piel en la espalda. Su rostro y sus brazos eran color madera, enrojecidos también por el sol de la playa. Desde la cocina llegaban el taconeo y las voces de las mujeres, que charlaban y reían entre el tintineo de los platos y los cubiertos. Pocha apareció de pronto con una fuente llena de carne cruda.

–Aquí vengo –dijo. Barco aplaudió y le hizo una reverencia cuando ella pasó junto a él y fue a ponerse en cuclillas junto al fuego; fue sacando con mucho cuidado las tiras de carne y las colocó una junto a la otra estiradas sobre la parrilla. Las gotas del rico jugo de la carne empezaron a caer sobre las brasas provocando leves estallidos y pequeños tumultos de humo, y tanto Barco como él se aproximaron para observar como pensativo interés el trabajo de la muchacha. Ésta se levantó cuando hubo acomodado el último trozo de carne y se acercó a él y le dio un beso en la mejilla.

–Dice Miri –dijo a Barco, sin soltarlo a él– que le lleven un poco de vino.

Barco fue hasta la mesa, tomó la botella y fue con ella a la cocina. Pocha lo besó a él en la boca.

–¿Hay ensalada de cebolla? –dijo él, con real interés, cuando ella separó sus labios de los suyos. Ella se echó a reír, mientras él la miraba pensativo.

–Sí –dijo ella–, y de tomate también. Y hay vino tinto y blanco, para el postre. Lástima que no haya postre. Pero hay pan casero, y a lo mejor, con un poco de buena voluntad, podremos sacar de algún aparador algún tarro con alguna masita vainilla para sopar en el vino blanco.

–Bravo –dijo él.

La carne comenzó a dorarse; de la parrilla ascendía una columna de humo oblicua, hacia la parra, inmóvil en el aire sin brisa, atravesando las duras hojas sin destruirse. Él sacó un pañuelo del bolsillo trasero de su pantalón y le secó a Pocha unas gotas de sudor que brillaban sobre su labio superior.

–No me gusta que me den besos húmedos –dijo él–. Me resfrío fácilmente.

–Voy a echarle penicilina al rouge –dijo Pocha.

—Bueno —dijo él, separándose de ella y agachándose junto al fuego—. De paso echale unos gramos de cocaína. Tal vez hago hábito.

Ella regresó riendo a la cocina. Él tomó un hierro largo y se dedicó a remover las brasas. Golpeó suavemente una hasta quebrarla. Quedó absorto un largo rato contemplando su corazón de concentrado resplandor. Después se levantó, fue hasta la mesa, echó un trozo de hielo dentro de su vaso y se encaminó a la cocina a servirse vino. Miri cortaba un tomate sobre una fuente de lechuga y Pocha revolvía una fuente de cebollas. Barco estaba sentado en un sillón, mirándolas.

Miri hizo un gesto exagerado, recordando algo: estaba vestida con una solera floreada que dejaba desnudos sus hombros y gran parte de la espalda y se ceñía sobre el pecho; tenía un delantal sobre la solera. Se secó las manos con él.

—Voy a mostrarles algo —dijo. Fue rápidamente al dormitorio y regresó con una revista. Venía más lentamente, hojeando la revista con detención, como buscando algo entre sus páginas. Le pareció encontrarlo y comenzó a hacer un gesto de dicha que interrumpió, porque se había equivocado. Por fin lo halló y le mostró la revista a Barco, que la miró sin agarrarla.

—¿A que no sos capaz de reconocerla? —dijo Miri con aire de triunfo. Él se acercó. Pocha seguía revolviendo sus cebollas y aunque no miraba hacia donde ellos se hallaban reunidos, a sus espaldas, sonreía prestando atención, como si gozara el conocimiento anticipado de lo que para ellos sería una sorpresa. Miri les señalaba un aviso de portasenos: presentaba a una rubia delgada de la que se veía medio cuerpo, con unos portasenos abultados por medio de frunces; debajo de la figura se leía: "También usted puede deslumbrar con sus senos esbeltos".

—De lo que se valen —dijo él, abstraído.

Barco golpeó las manos, satisfecho:

–Es Hilda –dijo.

–Un poco retocada –dijo él.

–Será para que la familia no la reconozca –dijo Barco.

–Sí –dijo Miri–. Es Hilda.

–¿Cuánto hace que está en Buenos Aires? –dijo él.

–Tres meses –dijo Miri.

–No sabía que tuviese vocación artística –dijo Barco, levantándose del sillón donde había estado hamacándose y yéndose junto a Pocha.

–Perdé cuidado –dijo Miri–. Era previsible su vocación.

–Lo que pasa –respondió brutalmente Barco, mirándolo a él de reojo, que no advirtió la mirada por hallarse ocupado hojeando la revista– es que ustedes dos sienten envidia porque la otra puede exhibirse semidesnuda para miles.

Las dos muchachas protestaron sin mucha pasión. Aquellas declaraciones de Barco eran pan cotidiano, y también las protestas de las chicas lo eran: se quejaban pero les producía no se sabe qué goce oír hablar a Barco en ese tono. Él lo definía secretamente como una apropiación de Barco (y de él) por medio de una aceptación de su propia perversidad. Por otra parte, el descaro con que Barco hacía resaltar siempre la inferioridad de las mujeres, de las que por otra parte no podía prescindir, lo que hacía siempre de un modo irónico, era (y él y Barco lo sabían) una manera de halagarlas.

Él arrojó la revista sobre la mesa.

–Lo terrible del asunto –dijo– es que tengo hambre.

Pocha se secaba las manos con una servilleta.

–Tomen vino –dijo.

Barco y él salieron al patio. El rico aroma de la carne asándose y crepitando sobre el fuego los invadió. El humo ascendía como una columna oblicua e inmóvil, un poco más densa ahora, atravesando sin destruirse la espesa parra, a través de cuyos claros se veía el cielo nítido. También a los costados, arriba, donde la parra terminaba se veía el cielo como si se estuviera derramando. Pocha llegó detrás de ellos con la botella de vino y unos vasos: era bien formada pero un poco baja y él al verla llegar recordó la primera vez que la había visto desnuda, recordando sus piernas demasiado cortas, el vellón oscuro y húmedo restallando a veces debajo del abdomen, los blancos senos coronados por un círculo violeta.

—Encendamos la radio —dijo Barco. Y a Pocha—: ¿Quiere hacernos el favor, si no le es molestia, de poner en funcionamiento el aparato de radio? Gracias. —Pocha fue al dormitorio y encendió la radio. Después de unas descargas comenzó a oírse música. Un poco después reconocieron la "Consagración de la Primavera", en la radio de la Universidad. Barco se quejó diciendo que estaba pasada de moda.

—Eso estaba bien cuando la clase media anhelaba el poder —dijo—. Ahora se siente representada. Para qué quiere música. Todo el mundo ya sabe que no es la chusma peronista. Vamos. No sean mierdas y saquen eso.

—Seguro —dijo él—. Escuchemos algo menos chillón. Empecemos de una vez por todas a refinarnos. Algo recargado a propósito.

—Más bien apago la radio —dijo Pocha, indecisa.

—Claro —dijo Barco—. Más bien eso.

Ella fue al dormitorio y la música cesó de oírse. Cuando regresó, al cabo de un momento, traía una guitarra.

—Aquí tienen —dijo.

—Nadie más que Miri sabe tocar —dijo Barco; y después, tomando la guitarra de manos de Pocha y como fingiendo dramatismo—: Aprenderé. Debo hacerlo. Es necesario que yo aprenda. —Rasgueó las cuerdas.— Va saliendo —dijo. Volvió a rasguearlas un momento imitando la introducción de una payada y después acercó el oído a la abertura circular de la caja para oír las últimas resonancias de las cuerdas. Tenía las manos finas y largas, la piel oscurecida por el sol. La guitarra tenía un barniz amarillento de tono agradable, aunque un poco desvaído. Miri la había traído de su casa cuando inició los estudios de derecho en la ciudad, cuatro años antes. Cantaba acompañándose sencillamente con el instrumento, ya que su voz era suave y bella, un poco agravada por el exceso de tabaco. Se ponía triste o melancólica cada vez que cantaba.

Pocha y Miri eran del mismo pueblo; habían venido juntas a la ciudad a estudiar derecho y habían vivido juntas en la misma casa desde el primer día. Iban a visitar a sus familias para las fiestas de fin de año y, salvo el primer año, siempre se quedaban en la ciudad durante los meses de vacaciones; siempre encontraban un pretexto para no ir al pueblo. Eran de la misma edad y se llevaban maravillosamente bien, por la sencilla razón de que tenían el mismo tipo de defectos. Barco había conocido a Miri en una fiesta y esa misma noche había dormido en su casa. Pocha había llevado su cama a una habitación contigua que había permanecido vacía desde que las chicas se instalaran en la casa, por la sencilla razón de que no había nada que poner en ella, y a la mañana siguiente Barco le había dado un beso en la frente preguntándole si había tenido miedo. Ella se había extrañado un poco ante la conducta de Barco.

—Sí —le había dicho, con un tono inseguro.

—Esta noche no lo tendrás —le había dicho Barco, soltándola. Y esa tarde, a eso de las seis, Barco lo había traído a él, que a su vez había traído una botella de ginebra. Él lo recordaba viendo a Barco abrazado a la guitarra: había sido un crepúsculo frío de otoño avanzado, casi dos años antes, y la parra estaba seca y desnuda y el cielo frío como una lámina de escarcha rosada.

—Hay que dar vuelta la carne, supongo —dijo. Y a él—: Le puse música a tu poema.

—¿Sí?

—Después de la comida lo vamos a cantar —dijo Miri—. Sacá esas cosas de la mesa.

Él obedeció mecánicamente. Barco le devolvió la guitarra a Pocha que regresó con ella al dormitorio. Después

Barco fue a la cocina a buscar un tenedor para dar vuelta la carne. Miri extendió sobre la mesa el mantel que conservaba aún los rectos dobleces hechos por la plancha. Le sacó a él el plato de hielo y la botella y los colocó sobre la mesa. Él hizo lo mismo con los vasos, mientras miraba a Barco trabajar agachado junto al fuego, dando vuelta la carne y removiendo y acomodando las brasas con el largo hierro fino.

–Diez minutos más y comemos –dijo Barco, dejando el hierro en el suelo y aproximándose. Miri fue a la cocina por los platos. Barco dejó el tenedor sobre la mesa y se sentó.

–¿Nos quedamos a dormir? –dijo.

–No –dijo él–. Voy al diario mañana.

–¡El diario! –exclamó Barco, escandalizado.

–Sí. Ya lo sé –dijo él–. Pero tengo que ir.

Barco asumió un tono de verdadera seriedad.

–Bueno –dijo–. ¿Cómo va esa novela?

–Bien –dijo él.

–¿Adelantaste mucho esta semana?

–Nada –dijo él, agarrando un pedazo de hielo y comenzando a chuparlo. Lo dejó en la boca, sacó un pañuelo del bolsillo trasero del pantalón y se secó el sudor del rostro y el cuello. Después guardó el pañuelo y escupió el trozo de hielo dentro del vaso–. Estoy hasta la coronilla de literatura.

–Es saludable –dijo Barco, haciendo un gesto de aprobación consistente en mover la cabeza apretando los labios y abriendo los ojos desmesuradamente.

–Sí –repitió él–. Es saludable.

–Viejo –dijo Barco–: si hacés tantos problemas para escribir una miserable novela quiere decir que la literatura no te interesa para nada.

–¿Acaso me estoy quejando?

–No –dijo, mirando lentamente hacia todos lados–. Pero...

–No quiero escribir un libro mediano que todo el mundo alabe como si se tratara de una obligación patriótica alabarlo. Prefiero...

Barco salió al cruce.

—Filosofía del triunfo —dijo—. Todo o nada.

—Sí —dijo él, excitado—. Pero por ninguna razón personal.

Barco se puso de pie escandalizado y habló como si se dirigiera a un auditorio.

—¡Véanlo! —exclamó—. Encima de que ya no queda desorden personal que él no sufra, juega al héroe masoquista y se hace cargo del funcionamiento del Orden Diferenciado de las Letras, con mayúsculas, y existiendo como un objeto particular dentro del mundo de los objetos. —Volvió a sentarse y murmuró con un tono de melancólica reconvención:— ¡Ético de mierda!

Él se echó a reír.

—Dame un cigarrillo —dijo. Barco se lo alcanzó; extrajo un paquete de "Saratoga" del bolsillo del pantalón, golpeó su base contra el dorso de la mano empujando un cigarrillo afuera. Él lo tomó y Barco tomó uno para él arrojando después el paquete sobre la mesa. El olor de la carne asándose impregnaba la atmósfera. Ellos habían puesto la mesa a un costado de la columna de humo que ascendía desde la parrilla y atravesaba el tejido basto de la parra. De la calle llegaba el sonido de las campanillas de los tranvías, los automóviles pasando a gran velocidad frente a la puerta de calle, sobre la avenida, y también ladridos de perros y voces humanas semejando atenuados y súbitos estampidos lejanos resonando en el seno del aire quieto.

Barco tuvo la idea de encender con una brasa. Improvisó una pinza con dos maderas y alzó precariamente una brasa con ellas, llevándola al extremo del cigarrillo pendiente de su boca. Él lo observaba. Se hallaba sentado con un brazo apoyado sobre la mesa, angulado, la mano colgando fuera de ella, cruzado de piernas, la mirada vagamente reflexiva. El cigarrillo sin encender pendía de sus labios, ínfimo y blanco y recto junto a su perfil algo pesado, algo grave: tenía mucho cabello y la cabeza un poco grande, como un cubo visto desde cierta perspectiva, la nariz demasiado larga, los labios gruesos y largos; casi no tenía cuello. Su cabeza permanecía inmóvil, suspensa bajo la parra cargada sostenida por un viejo armazón de hierro y madera que parecía soportar en un esfuerzo máximo el rico peso de hojas y racimos.

Barco estuvo un momento con la brasa aplicada al extremo del cigarrillo; después dejó la brasa en el fuego, tiró las maderas, pegó una intensa chupada al cigarrillo y mientras echaba el humo observó con perplejo interés el extremo encendido. Después regresó junto a él y le alcanzó el cigarrillo para que él encendiera el suyo. Él lo encendió. Y vio de paso los ojos brillantes de Barco, atentos y retraídos al mismo tiempo: unos ojos grandes y oscuros, impregnados como de un brillo húmedo, lentos e inequívocos. Después le devolvió el cigarrillo. Oía las voces de las chicas en la cocina. Barco de pie comenzó a ponerlo nervioso, le daba la impresión de que estaba de paso, de que no lo atendía, de que estaba a punto de entregarse a otra cosa; era como si lo menoscabara estando de pie.

—Sentate —le dijo.

Barco obedeció mecánicamente. Cruzó una pierna sobre la otra y apoyó su brazo sobre el respaldo de la silla. Después tomó un plato y un tenedor y empezó a golpear el tenedor contra el plato, produciendo un sonido irritante.

—¡A la mesa! —gritó—. ¡Vamos!

Después dejó el plato y el tenedor y quedó como pensativo, como triste. Pocha apareció delante con la fuente de ensalada y una sopera abollada llena de hielo; detrás venía Miri: traía pan y una botella de vino en una mano y la fuente de cebolla en la otra. Él se levantó para ayudarle a dejar las cosas sobre la mesa. Ésta era pequeña y se disponía de poco espacio.

—Habría que poner algo en el suelo o sobre una silla —dijo Miri.

—Eso es —dijo Barco—, habría que ponerlo —dando a entender con eso que él no lo haría. Miri dejó el vino en el suelo. Él procuraba espacio sobre la mesa para colocar la fuente de la cebolla, que estaba cortada en rodajas finísimas, impregnadas en aceite. Parecían de un nácar brillante y suave. Hizo lugar en el centro de la mesa corriendo los platos y los vasos hacia los bordes, y colocó la fuente en el centro, apilando después todo el pan en un solo plato. Barco sacó un pan del plato, cortó una rodaja muy delgada y después la pinchó con un tenedor y la dejó un momento sobre la cebolla, para que absorbiera el condimento. Después se lo llevó a la boca, masticándolo lentamente.

—*Bocatto di cardinale* —dijo, en un torpe deliquio. Cortó otra rodaja de pan y le dio el mismo destino. Pocha le pegó en la mano, cuando él la llevaba otra vez hacia el pan, desde la boca. En la otra mano tenía el cuchillo en ristre, como un glotón de comedia. Sorprendido por el golpe debió hacer un esfuerzo para tragar, volviéndose hacia Pocha con un gesto de dolorido reproche.

—Es mala educación —dijo Pocha.

Barco se rió orgullosamente.

—Nunca me jacté de ser educado —dijo, atacando nuevamente el pan.

Miri apareció en ese momento.

—Prepárense —dijo pasando rápidamente junto a la mesa con un plato en una mano y un tenedor en otra, y dirigiéndose después a la parrilla.

Pocha se sentó ante la mesa y miró el cielo a través de la parra.

—Es una noche templada —dijo.

—Sí —dijo él—. Nada menos que treinta y tres grados. Sudo a mares.

—No hablen de sudor en la mesa —dijo Barco— o me voy a ver obligado a contar el asunto del anónimo español del siglo XIII y el poeta estreñido.

Él lo miró con súbita, sonriente curiosidad.

—¿Y eso? —dijo.

Barco se removió con orgullo pueril sobre la silla.

–Una fábula que me inspiró Pavlov –dijo.

Él fingió una exagerada contrariedad.

–Caramba –dijo–. Un competidor en mi propia casa.

–No voy a cometer la estupidez de escribirla. No soy ningún exhibicionista –dijo Barco; y después, como si se le hubiera ocurrido de repente–: Escritores. ¡Qué receta! Un cuarenta por ciento de timidez, un veinte por ciento de percepción equívoca que permite amplificar el espectro de la palabra, un diez por ciento de mitomanía y un treinta por ciento de exhibicionismo. Revuélvase, póngase a hervir y sírvase a tímidos mentirosos que exhiben delicadamente lo que ellos creen que es una genialidad, cuando no se trata más que de un desorden perceptivo.

–¡Positivista del diablo! –dijo él, riendo.

Pocha se inclinó hacia él y le hizo unas caricias delante de la cara.

–No me le digan eso –ronroneó.

Él se echó a un costado y se inclinó para recoger la botella de vino. Al hacerlo se le cayó una caja de fósforos del bolsillo de la camisa. La recogió y alzó el vino, llenando después las copas.

–¿Qué se cayó? –dijo Barco, inclinándose sin interés. Él le enseñó la caja de fósforos sin comentario mientras servía el vino. Barco dio una última chupada a su cigarrillo, echó el humo, y después tiró el cigarrillo hacia atrás, por encima del hombro. Él hizo lo mismo mientras la oscura bebida brillante murmuraba en las copas. Pocha agarró el corcho que él había dejado sobre la mesa y se quedó mirándolo. Era un corcho fino, pulido y prieto.

–De recuerdo –dijo, volviendo a dejarlo con mucho cuidado sobre la mesa, y arrimando su copa al pico de la botella de la que caía un chorro vivo y espeso, lleno de manchitas brillantes. Él dejó la botella, mirando a Pocha y señalando con el índice a Barco.

–Éste es un positivista del diablo –dijo–. Yo sé lo que te digo.

–¿Por qué dirán –dijo Barco de pronto, hurgándose la nariz– que el calor dilata los cuerpos, si ciertos objetos al quemarse se contraen?

–Qué asqueroso –dijo Pocha, haciéndose a un lado para dar paso a Miri que retiró un plato de la mesa, regresando con él junto a la parrilla y dándole de paso un golpe a Barco en la mano.

–Parece que es una norma de la casa –dijo, alcanzando a darle una palmada en la nalga; y después, en tono de ceremoniosa reconvención–: La violencia engendra la violencia.

–No todos los cuerpos se contraen, creo –dijo él, reflexivamente–. El cuerpo humano, creo que sí.

–Nada de inmundicias en la mesa –dijo Barco– o me veré obligado a relatar la fábula del anónimo español del siglo XIII y el poeta estreñido. Palabra que es verídico.

–Acaba de decir que le fue inspirado por Pavlov –dijo él–. Tomá nota.

–No sólo digo que es verídico –dijo Barco con aire triunfal– sino también que le sucedió a una persona que ustedes conocen. Y no sólo digo que le sucedió sino que todavía, en este mismo momento en que Miri trae el asado y vos alzás la copa para tomar un trago de este vino y no de otro, le está sucediendo. –Hizo un giro picaresco con los ojos:– ¡Pavada de estilo! ¿No recuerda a Cervantes?

–Seguro. Escríbelo en papel higiénico, hijo mío –dijo él, dejando la copa que había llevado a sus labios al comenzar Barco su discurso.

–Grosero –dijo Pocha, alzando su copa. Bebió un trago de vino, pasándose después la lengua rosada por el grueso labio superior. El labio inferior brilló suavemente, curvado y húmedo. Él la deseó, en un relámpago, pero el recuerdo de un hábito atroz destruyó súbitamente su deseo.

–Nunca –dijo Miri, llegando con el asado–. Nunca le permitiré rasgos de hombre público. –Depositó el plato sobre la mesa. Contenía dos tiras olorosas y gruesas; cortó las dos por la mitad y al hacerlo de la carne brotó un rico jugo rojizo, algunas gotas brillantes y espesas como gemas vivas. Repartió los pedazos de carne, rodeó la mesa, y fue a sentarse en su silla. Él la siguió con la mirada.

—¿Cómo quedó el poema? —dijo.

—Ya veremos —dijo ella, dejando su plato sobre la mesa y sentándose después. Tomó el cuchillo y observó cuidadosamente su filo—. No debe cortar —dijo.

Barco dejó el cuchillo y el tenedor y juntó las manos como para orar.

—Probemos —dijo, mirando a Miri de reojo.

Miri cortó su trozo de carne. Hablaba poco, y se movía lentamente, cuidadosamente. Tenía el pelo claro, muy lacio, con algunos manchones casi rubios, peinado a lo "cola de caballo". Como se hallaba sentada de espaldas a la luz del patio, un farolito que encerraba como una jaula a una lámpara de pequeño voltaje, de sucia incandescencia, afirmado sobre la pared de la cocina, la luz nimbaba tenuemente el contorno de su lenta cabeza. Tenía la nariz levemente aplastada, entre unos ojos grises, grandes y brillantes y una boca grande de labios finos. Él la miraba comer, delicadamente indiferente, en una actitud de accesibilidad extrema, llevando uno tras otro los trozos de carne a la boca, como si esos mínimos actos se trataran de distracciones inevitables entre pensamiento y pensamiento. Era, de estatura, demasiado alta para él.

—Hombre público —dijo Barco.

—Un actor de cine, un político, un jugador de fútbol —dijo él—. Un escritor, en este país, démonos por vencidos, no es un hombre público.

—Si una mujer pública es una prostituta —dijo Barco— ¿qué entenderíamos por hombre público? Porque también las casas públicas...

Él miró a Pocha.

—Domina el asunto —dijo, refiriéndose a Barco—. Tiene toda la socarronería asignada al país en depósito.

—¿Depósito? —dijo Barco—. Depósito de las acciones. ¿Dónde leí eso? ¿Qué es eso?

Él miró a Miri.

—Si te preguntaran —dijo a Barco— cuál es tu ocupación, ¿qué responderías?

—Diría que soy tan buen estudiante como Raskolnikov —dijo Barco—. Un buen estudiante, padrecito. Algunos años de derecho y un brulote en un pasquín; una hermana intrigante, una madre cargosa y posesiva, etcétera. Mi diploma: dos ancianas degolladas.

Él reía, arrimó su plato a la fuente de cebolla y se sirvió, asintiendo.

—Te parecerá absurdo —dijo— pero, con todo, es una carrera. —Puso su mano sobre el brazo de Miri.— Dame vino —le dijo, persuasivamente. Ella dejó sus cubiertos y le sirvió—. Era el único camino que le quedaba para encontrarle un sentido a la vida —dijo, vigilando el chorro oleoso y brillante cayendo desde la botella inclinada a su vaso; cuando éste se llenó hasta un poco más arriba de la mitad, tocó suavemente con el filo del cuchillo el pico de la botella—. Gracias —dijo. Miri dejó la botella en el suelo. Él volvió a mirarla persuasivamente—. Hielo —dijo. Ella obedeció. Y él, a Barco—: Cuando el bien no se encuentra por sí mismo, hay un solo lugar donde ir a buscarlo: el mal. ¿Estamos? Este asado está de locura.

—Él ha dicho su frase —dijo Barco—. Él va a dormir cómodo esta noche.

Él sacudió el tenedor dos o tres veces, los dientes hacia Barco, y después dio vuelta con él su trozo de carne.

—Estás en el vacío —dijo él, cortando la carne—. No sos nada. ¿Qué son una carrera de abogado y un artículo exhibicionista de aire maldito? Nada. Estás en el aire. Bajás a tierra para dar dos hachazos: cuando levantás la cabeza, desviando la vista de los cadáveres para mirar a tu alrededor, ¿qué es lo que ves? El mundo de los valores, el bien posible, fuera tuyo, y como una cosa que tenés que proponerte. Algo por alcanzar. Y el único camino consiste en modificarte a vos mismo. ¿Entendido? La enfermedad es lo único capaz de crear la salud absoluta. El mal respecto del bien, ídem.

Los ojos de Barco emitieron un rápido destello. Se inclinó hacia él.

–No entiendo –dijo Pocha, con la boca abierta. Miri los observaba.

–No es necesario –dijo Barco, con aire de comprensión malévola, mirándolo a él, pero respondiéndole a ella, como si quisiera terminar con ella de una vez para poder abocarse tranquilamente a la cuestión principal–. Trece maneras de combinar el amor con la perversidad: he ahí tu objetivo.

–Y a él:– Hermosa teoría.

–Nada nuevo, por otra parte –dijo él, vanidosamente–. Me la han confirmado no me acuerdo qué lecturas.

Barco buscó la botella de vino en el suelo.

–Hermosa –dijo su voz desde abajo de la mesa.

–Estoy viendo cómo encaja en ese tipo de locura que se manifiesta con rasgos de monstruosidad moral.

–No entiendo –dijo Pocha–. En serio.

La cara de Barco apareció enrojecida y como hinchada por el esfuerzo de inclinarse. Tenía la botella de vino en la mano izquierda; la pasó a la derecha y llenó su copa. Observándolo, él se detuvo un momento, dejando de masticar como si con su gesto colaborara con la acción de Barco. Barco volvió a inclinarse de costado, dejando la botella en cualquier parte, en el suelo.

–En serio que no –dijo Pocha.

–Hija –dijo Barco–, lo que pasa es que no te interesa.

–Hace un momento –dijo él– dijiste que la locura era una puerta de escape. ¿Y si fuera al revés?

–¿Un sentido equívoco de la responsabilidad?

Él cortó un trozo de carne, lo masticó y lo tragó. Después miró a Miri, a Pocha. A Barco.

–Una entrega al mundo –dijo, con una sonrisita connivente.

Barco asintió seriamente, pero con un gesto torpe.

–Como teoría es una teoría –dijo.

–Por supuesto –dijo él–. No es una palangana. –Se llevó a la boca el último trozo de carne y dejó los cubiertos a los costados del plato; después observó que podían manchar el mantel y los apoyó sobre el borde del plato. Después miró distraídamente a las mujeres. Éstas se hallaban ocupadas cortando la carne en sus platos, y sólo Barco lo miraba.

—Seguramente que no —dijo Barco—. Aunque en ella te habrás limpiado más de una suciedad.

Él tomó su vaso.

—Posiblemente —dijo, bebiendo.

—Posiblemente —repitió Barco, pensativo, inclinándose sobre su plato, como si no dudara de que así era. Después de cortar la carne y llevarse un trozo a la boca se sirvió ensalada. Sacó el atado de cigarrillos de encima de la mesa y se lo guardó en el bolsillo de la camisa. Por un momento se hizo silencio en toda la casa, un silencio interrumpido sólo por el tintineo de los cubiertos sobre los platos, y de vez en cuando las voces y sonidos lejanos provenientes de la calle o de las casas vecinas.

Él miró a Miri. Ella masticaba lentamente su bocado.

—Miriam le ha puesto música a un poema mío —dijo a los demás.

Nadie respondió. Siguieron comiendo silenciosamente como si él no hubiera hablado. Él se inclinó nuevamente sobre su plato y siguió comiendo. Miri cruzó los cubiertos sobre su plato, súbitamente.

—No como más —dijo. Y a Barco—: Dame un cigarrillo.

—Sacalos —dijo Barco; ella estiró su larga mano hacia el bolsillo de la camisa de Barco. Sacó el paquete de cigarrillos y extrajo uno de él. Después volvió a dejar el paquete en el bolsillo de la camisa de Barco. Se levantó, fue a la cocina, y regresó con el cigarrillo encendido. Quedó de pie junto a la mesa, con una mano en la cadera y la otra sosteniendo el cigarrillo. Parecía como que estuviera por empezar a cantar, o como si imaginara que cantaba. Pocha se volvió hacia ella, se puso de pie y le arregló el escote de la solera.

—Estaba torcido —dijo, y se sentó a continuar comiendo. Miri se inclinó hacia ella, colocándole las manos sobre los hombros, diciéndole algo en el oído. Pocha la escuchaba con los ojos muy abiertos, balanceándose levemente. Después lanzó una súbita carcajada: Miri se apartó de ella, mirándola con malevolencia satisfecha, sacudiendo distraídamente la ceniza de su cigarrillo, mientras Pocha se doblaba hacia adelante, en el espasmo de la carcajada, tocando casi el plato con el rostro. Después, siempre riéndose, se volvió hacia Miri y la atrajo hacia sí tomándola del brazo, obligándola a inclinarse para continuar el secreteo. Después que ella le dijo algo en el oído, Miri asintió rápidamente con la cabeza, riendo. Barco y él sonreían a la expectativa.

—Formas de acaparar la atención del auditorio —dijo Barco, a él—. Los hombres usan el aire inteligente, técnica pasiva. Las mujeres el juego escénico, técnica activa.

—Sí —dijo él—. Y tu comentario demuestra que han conseguido desplazar tu atención.

—Dice Pocha que te diga una cosa —dijo Miri, a Barco.

—Escucho —dijo Barco. Miri fue hacia él. Se inclinó y murmuró unas palabras en su oído. Barco escuchaba con expresión atenta, divertida e incrédula. Después sonrió, mirándolo.

—Dice Miri —dijo. Él lo interrumpió.

—¿Ya empezamos? —dijo, dejando los cubiertos. Barco miró los suyos, que tenía en las manos, y los arrojó sobre el plato. Pocha hurgaba la fuente de la ensalada con su tenedor. Y él, después, poniéndose de pie, dijo:

—Buen provecho.

—Tiene razón —dijo Barco, en tono de protesta—. Gracias. Imagínenselo al general San Martín jugando a la zorra. Tenemos pocos próceres —dijo, buscando los cigarrillos en el bolsillo de la camisa—. No los echemos a perder.

—A él —dijo Pocha, mirándolo cariñosamente— le gusta jugar, pero no ahora.

—Un rato más —dijo Barco—. Hago la digestión y empezamos a hablar de cosas profundas.

143

–Un cuerno la vela –dijo él–. No me gustan esas macanas.

–Lo que pasa –explicó Barco– que cualquier atisbo de asociación que se produce lo considera ipso facto en contra de él. –Y a Pocha:– ¿Tomamos té?

–Miri va a prepararlo –dijo Pocha.

–Bueno –dijo Miri, distraída, dirigiéndose mecánicamente hacia la cocina. Él la miró alejarse, demasiado alta, consistente, el pelo cayendo en un chorro como de suave arena oscura sobre la piel desnuda. Ella entró en la cocina. Él volvió la cabeza y se encontró con la mirada de Barco, casi sonriente, pensativa.

Cuando abrazó la guitarra, y se sentó, inclinándose después sobre las cuerdas, había tenido previamente el suficiente cuidado de prescindir de todos ellos. La primera nota fue un hilo tenso de oro que tembló un poco conmoviendo la corriente secreta del tiempo, persistiendo sobre su reciente origen precario, sobre su rápida vida sin dirección, en un presente pasado persistente, en un destino a caballo entre el olvido y la memoria.

Después ella movió la cabeza entre rasgueos. Barco fumaba mirándola. Pocha sostenía una copa de vino con las dos manos, y él, echado sobre la silla oía con la cabeza echada hacia atrás, la nuca apoyada sobre el respaldo de la silla, mirando las hojas y los racimos cuyo tumulto ocultaba casi siempre el cielo plácido, la lenta noche.

–"Junto al fuego" –dijo ella, mirándolos, entre rasgueos. Regresó a sí misma, entornando los ojos, por un momento, entre rasgueos, y recomenzó, después, cantando:

Oh tú que cantas, ¿dónde
cantas? –Muy cerca, dijo.

Cerró los ojos y sostuvo gravemente la última sílaba cálida. Movió la cabeza y miró a Barco como si no lo viera, el oído insinuado hacia la caja liviana, ahora como sonriendo.

Detrás de mí, detrás de ti

Observó su propia mano sobre las cuerdas, como un pájaro en los hilos del telégrafo.

no hay más que olvido.
Oh tú que lloras, ¿dónde
lloras? —Muy lejos, dijo.

Se detuvo, como si ya no fuese a continuar. Hizo un gesto de amarga negación con la cabeza, como quien descubre un terrible secreto, como quien comienza a admitir una dolorosa verdad largo tiempo silenciada.

¿Eres de carne y hueso?

Esbozó una lánguida sonrisa exhausta. Y después cantó tibiamente, tristemente, pálidamente.

Soy de olvido.

Su amargura cálida creció: cerca del llanto, tal vez con su mímica.

Oh tú que callas, ¿dónde
callas? —Fuera del mundo —dijo.

Se apuró, como si quisiera terminar:

Donde se abre y se cierra
la puerta del olvido.

Continuó haciendo sonar las cuerdas en silencio. Cuando comenzó a cantar nuevamente, el tono de su voz era casi un murmullo, lento, vago, y triste.

*Junto al fuego
tengo frío.*

La guitarra continuó, y ella recomenzó para terminar, casi hablando:

*Junto al fuego
tengo frío.*

La última nota, el último hilo tenso tembló en el aire quieto, persistiendo un poco sobre su origen y su término. Nadie habló.

Los dedos de Miri continuaron jugueteando sobre las cuerdas, y ella parecía haber ignorado todo el tiempo que los demás estaban allí, delante suyo, oyéndola cantar. Se había sentado un poco separada del grupo, cerca de la luz, y su cabeza brillaba, y al inclinarse sobre la caja brillante su rostro permanecía casi indiscernible bajo la sombra que él mismo proyectaba; los otros la rodeaban distribuidos semicircularmente alrededor de la mesa, de la que un momento antes habían retirado los platos, los pocillos de té y los cubiertos, limpiándola y dejando sobre ella sólo las copas, el plato de hielo y una botella de vino semivacía. Un poco más allá, el fuego terminaba de consumirse lentamente.

Miri cantó "Volver". Él la observó durante toda la pieza. Percibió hasta el más leve de sus movimientos, las largas manos rebeldes, la cabeza brillante y lenta, la inclinación apasionada del cuerpo vivo, las largas piernas de tibias duras y rodillas como de piedra blanca, sobre cuyos muslos apoyaba la caja frágil de la guitarra, como a otro cuerpo dócil en el que se gozara equívocamente y sin límites.

Cuando ella terminó de cantar, Barco se levantó y la besó delante de todos. Después ella fue al dormitorio con la guitarra, se demoró un rato adentro, y regresó sin ella, alisándose el vestido y tocándose el pelo. Se sentó.

—Dame un cigarrillo –dijo a Barco. Éste lo sacó del paquete, lo encendió, y se lo dio, echando el humo de la primera pitada. Ella fumó largamente y apagó el cigarrillo; él miró a Barco; éste sonreía con expresión pensativa.

—Nada del otro mundo –dijo Barco–. La gente muy sensible sufre del estómago. El plexo solar, como dijo Lawrence, creo, o algo parecido. Tensión nerviosa, creo. Escritores, poetas, pensadores, filósofos: ninguno va de cuerpo como es debido. Uno de los riesgos más importantes a que expone la aventura del espíritu: el desorden intestinal. Un hombre con diez libros publicados requiere un especialista para él solo.

—¿Se puede saber de qué estás hablando? –dijo él, lentamente.

—Ustedes lo conocen. Vos lo conocés. Pocha y Miri no sé. –Se rascó la mejilla.– Poeta local. Tiene un libro en prosa también. Su drama íntimo muy pocos lo conocen, y yo entre esa selecta minoría. Es un hombre de difícil deposición; está detenido en una etapa primitiva. A pesar de eso es un buen padre de familia y un funcionario brillante. Los tribunales, creo.

”Me lo ha confesado: no va bien de cuerpo; un detalle picaresco visto desde afuera. Imaginalo a Novalis; conociéndolo personalmente uno lo puede aceptar, pero la historia no nos lega más que figuras platónicas. Inaceptable para un Shelley; aun la sífilis de Nietzsche nos parece una limitación espiritual, nunca lo vemos como algo del cuerpo; nos parece como si sus ideas las hubiesen generado. Macana. Es algo grave. Ni la presión política ni la ausencia de una tradición son calvarios más inevitables. Dice que en ciertas épocas ha estado una semana o más sin poder hacerlo y que cuando lo hace lo hace mal, a duras penas, y en forma indebida. Desde los veinte años lo viene sufriendo. Cordero que se inmola en el altar pierio. Dice que en una de las peores épocas, llevaba como cuatro días sin hacerlo, lo invitan a una audición musical, privada, en casa de otro poeta, un amigo nuestro, de cuyo nombre no quiero acordarme. Dice que al principio se negó a ir, pero el otro insistió tanto que al final lo convenció. Fue sin ganas, y ahí está lo notable, dice.

"Como él estaba tan mal, dice que el otro, aunque desconocía las causas, lo trataba con mano de seda. Supongo que intuiría que le estaba pasando algo malo. El asunto es que para distraerlo propuso Brahms, Beethoven y Stravinsky, pero él dice que no agarró viaje. No tenía ganas de nada, salvo de una cosa. Por fin dice que el otro lo miró con una sonrisa picaresca y connivente y le dijo: "Hay algo que te va a hacer bien". Ya saben cómo es la gente fanática: cree que lo que a ella la vuelve loca tiene forzosamente que volver locos a los demás. Dice que él lo miró tristemente, incrédulamente: "¿Sí? No creo: he probado todo tipo de purgantes". "No me refería a eso –dijo el otro un poco desconcertado–. Tengo algo que nunca has escuchado en tu vida. Un anónimo español del siglo trece grabado en el año veinticuatro. Debe ser uno de los pocos ejemplares que existen". Dice que él le respondió: "¿De veras". Y dice que por esa razón el otro dudó un poco, con desencanto, pero que después se resolvió y fue a buscar el disco y lo trajo, y después de hablarle quince minutos sobre él se lo hizo escuchar. Él dice que apenas si lo oyó; no estaba para anónimos. "Altro que anónimos", dijo cuando me lo contaba, y también cuando me estaba contando comentó, en tono de queja: "¿Será posible? Si por lo menos engordara, sabría adónde va a parar todo lo que como". Dice que se despidió enseguida, y como vive cerca de la casa del otro, que ustedes también conocen, ustedes dos no sé, pero él estoy seguro, se fue caminando. Dice que a mitad de camino, a unas cuatro cuadras de su casa, empezó a sentir ganas. Una falsa alarma, seguro, me dijo que pensó, porque estaba acostumbrado a sentir ganas para que después nada. Hacía tres horas que había comido, y en abundancia. Me lo explicaba con mucha minuciosidad, como esos enamorados desgraciados que dudan de ser correspondidos, que te describen situaciones con lujo de detalles y después te preguntan qué te parece. Dice que empezó a sentir un peso cálido en el estómago y en el pecho, pero que no se apuró: no quería volver a sufrir desilusiones. Así que después que llegó a su casa y entró, y encendió las luces, estuvo a punto de pasar de largo frente al cuarto de baño. "No sé qué fue lo que me hizo decidirme. Entré y..." Así era. Había ido perfectamente, como un campesino después de comer. "Las causas, no sabía", me dijo, cuando me lo estaba contando. Y dice que después apagó las luces y fue silenciosamente al dormitorio y se desvistió sin encender la luz para no despertar a su mujer que estaba acostada y seguramente dormida y se sentó en el borde de la cama con mucha lentitud, para sacarse los zapatos sin despertarla, pero que ella se dio vuelta y le tocó el hombro. "Oí la cadena", dice que le dijo su mujer. "¿Cómo te ha ido?" "Figúrese cómo estaríamos preocupados en casa por ese asunto, me dijo, que cuando mi mujer oyó la cadena se despertó y pensó automáticamente en eso."

"Dice que al otro día se despertó maravillosamente, nuevo. Canturreó mientras se afeitaba y se bañaba; dice que lo que canturreaba era el anónimo del siglo trece que había escuchado la noche anterior. Recordaba una estrofa casi entera. "¡Lo que es la mente!", comentó, mientras me contaba. Hay que disculparlo, es hombre de otra generación. Se han pasado la vida haciendo silvas y sonetos para las fechas patrias y creyendo que el idioma español es el más rico del mundo. Parece rico porque casi nadie lo ha usado todavía con ideas. Ellos deben creer que...

—Bueno —dijo él—. Adelante.

—Si me dedico a la literatura —dijo Barco— tengo que hacerme hábil para las digresiones. La literatura misma es una digresión permanente de la realidad.

—Por supuesto —dijo él, con aire paciente—. Adelante. Una digresión permanente. Seguro. Adelante.

—Lo lindo del caso es que no sólo se acordaba de la estrofa sino que le gustaba, y al llegar a ese punto en que, por limitación de la memoria perdía la melodía, le entraban unas ganas tremendas de volver a escucharla. "Después perdí la melodía por completo. No tengo buen oído", me dijo cuando me contaba. "Nunca llegué a imaginarme que fuese tan importante." Dice que después su vientre no dio más frutos. Bendito fruto de su vientre. Dice que no se preocupó al principio; se había hecho a la idea de que estaba comenzando a funcionar de nuevo, pero que lo hacía con cautela, como hacen esas máquinas a vapor, ¿vieron?, que para vencer la inercia arrancan con escapes muy espaciados primero y aumentan gradualmente el número de escapes al mismo tiempo que disminuyen el espacio entre uno y otro, hasta que establecen un ritmo en la marcha. Así que cuando cuatro días después seguía sin novedades no se alarmó. Más bien se sentía contento, y esto no lo dijo él sino que lo pensé yo: envuelto en la ebriedad de su propia teoría. El quinto día pasó frente a la casa del otro poeta y se acordó del anónimo del siglo trece; decidió entrar: tenía disposición para la música ese día. El otro se sintió halagado cuando le dijo a lo que venía. Y cuando me lo contaba él se explicó: "Maté dos pájaros de un tiro: por un lado escuchaba el anónimo y por el otro quedaba bien con el amigo, que seguramente debió sentirse molesto la otra noche." Dice que se sentó y tuvo que esperar un momento hasta que el otro terminara de hacer no sé qué cosa; y dice que se sintió sereno y feliz mientras esperaba sentado, envuelto en la molicie de la biblioteca. "Yo ya debía saber inconscientemente", me dijo cuando me contaba. Y me contó también que cuando su amigo se desocupó y vino a la biblioteca y le hizo escuchar el disco, él se sintió verdaderamente bien. "La música me invadió el pecho —me contó— y me asombré cuando el calor se desplazaba por el estómago." Dice que tuvo que pedir permiso para levantarse antes de que la canción terminara. El amigo lo llevó al cuarto de baño con mala cara, dice. Y dice que esa vez todo salió espléndidamente bien, salvo la vanidad de su amigo, que se vio marginado otra vez por esos repentinos desaires involuntarios que él le hacía. Se fue cantando el anónimo del siglo trece, dice. Su teoría del mecanismo a vapor se confirmaba. Y aunque él no me lo haya dicho, yo lo pienso: más que salir del problema, a él lo dejaba satisfecho el haber acertado en cuanto al proceso que requería su normalización.

"Estuvo contento casi toda la semana. Escribió dice, y trabajó divinamente. Al sexto día se empezó a preocupar: demoraba, y el tiempo entre resoplido y resoplido, entre escape y escape, era mayor que al principio. Contradecía su teoría. Cuando me lo contó me dijo que, mientras tanto, el anónimo del siglo trece le gustaba cada vez más. Era como un bajorrelieve de oro viejo, me dijo, un medallón bruñido. Tiene razón: todo lo que nos ha legado la Edad Media se destaca por su dureza, por su consistencia. Ya sé. Dirás una digresión. Basta desde ahora, prometido. Tengo vocación para las digresiones. Decidió ir a escucharlo una vez más. Dudó un poco dice. Y se explica: no sabía cómo iba a recibirlo el otro, después de tantos equívocos. Fue sin embargo. Al otro día, el séptimo, que era domingo (me contó: "Fue un domingo —dijo—. Fui a la mañana. Un día de sol espléndido. Ya sabe cómo es el otoño en el litoral: nublado o resplandeciente, siempre hermoso. Yo suelo decir que nuestro verano es el otoño. Equivale a la plenitud de la vida para nosotros. Porque en el verano hace tanto calor, tanta humedad") fue, después de misa, supongo, bien vestido, y a lo mejor con su mujer del brazo, saludando a diestra y siniestra a todo lo largo de San Martín. Hombre público, como decíamos hoy. Bueno, me gusta imaginarme qué pasó en esa casa esa mañana. Tres experiencias consecutivas bastan para establecer una ley general: y dado en ese ambiente de joven familia, en ese cartucho de dinamita poliándrica que son las parejas de matrimonios cultos, es desde todo punto de vista interesante hilvanar la historia y conjeturar cómo se han dado los hechos.

—¿Puedo pedirte que no inventes? —dijo él, con una cordialidad afectada.

—¿Invente? —dijo Barco—. Por supuesto. Nada de inventos. Palabra. Y otra cosa: nada de interrupciones de sucio origen.

Él lo miró sorprendido.

—Palabra que no —dijo.

—Si no —dijo Barco— terminaremos como en esas películas cómicas. Decía que los veo llegar a la casa del otro poeta. Veo a las mujeres haciendo rancho aparte para ir al dormitorio a mostrarse cosas recién compradas, y a los hombres sentados en la biblioteca hablando sobre los últimos premios literarios acordados por los clubes de los que son socios y presidentes de las subcomisiones de cultura. Los veo hablando de la ciudad: una ciudad, ¿qué es eso? Sí. No te molestes en impedirme continuar. Estoy decidido a hacerlo. Una ciudad es para un hombre la concreción de una tabla de valores que ha comenzado a invadirlo a partir de una experiencia irracional de esa misma ciudad. Es el espejo de sus creencias y de sus acciones y si él se alza contra ella no es que esté denunciando sus defectos sino equilibrándolos. Cómo te diría. En cierta medida, el mundo es el desarrollo de una conciencia. La ciudad que uno conoce, donde uno se ha criado, las personas que uno trata todos los días son la regresión a la objetividad y a la existencia concreta de las pretensiones de esa conciencia. Por eso me gusta América: una ciudad en medio del desierto es mucho más real que una sólida tradición. Es una especie de tradición en el espacio. Lo difícil es aprender a soportarla. Es como un cuerpo sólido e incandescente irrumpiendo de pronto en el vacío. Quema la mirada. Hablando de la ciudad, decía. Me gusta imaginármelos. Yo escribiría la historia de una ciudad. No de un país, ni de una provincia: de una región a lo sumo. Envidio a la gente que no tiene imaginación: no necesita dar un paseo por el sistema solar para llegar a la esquina de su casa. Salen a la puerta de calle y ahí están: el buzón, el almacén con olor a yerba y queso fuerte, el paraíso o el algarrobo agonizando en junio. Nosotros tenemos que confrontarlos con nuestro propio mundo espiritual antes de admitirlos. Reconozco que esa simpleza es algo que no puede elegirse, pero la añoro: es que, dando una vuelta tan larga, antes de aprender a tocar las cosas, uno está donde se lo ha buscado: en el aire. ¿Qué estaba diciendo? –Barco alzó su copa de vino y bebió un trago. La dejó sobre la mesa.– Ah, sí. Él me dijo. Dice que escucharon Beethoven y que no pasó nada. La "Quinta Sinfonía", creo que dijo. Y pensé cuando me lo dijo que la señora "Quinta Sinfonía" y la señorita "Toccata y Fuga", y la nada sencilla "Consagración de la Primavera", prescindiendo de los valores que puedan tener, son cosas que hacen peligrar la música.

–Eso es como pretender que la popularidad de Dickens haya hecho peligrar la literatura.

–Parto del principio –dijo Barco– de que lo que gusta a muchos posee elementos intrínsecamente malos. ¿Reaccionario, verdad? Cuando me vayan conociendo sabrán que, en ese sentido, soy de lo peor. Dice que antes de empezar a escuchar el anónimo del siglo trece él creyó saber: parecía como que empezaban a distribuirse las condiciones necesarias, a ubicarse en su justo lugar. Dice que cuando la voz de la soprano comenzó a oírse, él ya sabía que había estado sabiendo: se puso de pie, dice, sencillamente, y preguntó si podía ir al baño. Dice que su colega lo miró, pálido, primero, y después rojo, verde, indignado y vejado. Pero que él le habló pacientemente: "Después te explico", me contó que le dijo. "Ahora quiero ir al baño." Fue, divinamente, por supuesto y cuando regresó a la biblioteca el otro había detenido el disco y lo esperaba sentado, interrupto: quería que se le dieran explicaciones. Y yo lo veo a él, calmosamente, diciéndole: "En ese redondel de pasta negra está mi salvación". Sentándose después para explicarle con tembloroso entusiasmo; explicándole: "Alivia mis tensiones".

Pocha reía, incrédula, divertida.

–¿Así que cuando él escuchaba el anónimo –dijo– iba de cuerpo?

—Como se oye —dijo Barco satisfecho—. Así es. Pero eso no es nada. Lo trágico vino después, según me dijo.

—Son macanas —dijo Miri, mirándolo con una sonrisa insegura—. Lo inventó él.

Él miraba sonriendo a los demás, sin hacer comentarios. Tomó un poco de vino y se quedó después con el vaso en la mano, sonriendo. Era casi medianoche; el cielo seguía quieto, pesado, muy claro, visible apenas a través de la parra cargada. No había estado oyendo más que la voz de Barco durante cierto tiempo, una voz aguda pero no chillona, ciertamente cálida y de emisión cuidadosa. Parecía llenar todo el aire, demorar en extinguirse. Parecía que la persistencia de su propia voz, de su propio pensamiento iba rodeando sus palabras a medida que las decía, iba formando en el aire una especie de dibujo vivo, cambiante.

Barco buscó el paquete de cigarrillos en el bolsillo de su camisa. Estaba vacío.

—Habría que comprar cigarrillos —dijo Barco—. ¿Algunos de ustedes tiene doce pesos?

—Nosotras —dijo Miri—. De ustedes estamos seguras que no tienen.

—¿Cómo adivinaron? —dijo él—. Lo que haría falta es alguno que vaya a comprar.

—Por lo que dijo Barco —dijo Pocha—. Eso de la ley general: ¿cómo era?

—Que tres experiencias bastan para establecer una ley general —dijo Barco.

—¿Ustedes irían? —dijo él, mirando a Miri y después a Pocha.

—No —dijo Barco—. Que tres experiencias consecutivas dije.

—Eso es —dijo Pocha—. Consecutivas.

Miri miró a Pocha, y después a él, encogiéndose de hombros y haciendo una mueca de absoluta disponibilidad.

—Si Pocha quiere —dijo. Y a Pocha, tocándole el hombro—: ¿Querés ir?

—¿Adónde? –dijo Pocha, que estaba de gran charla con Barco. Enseguida comprendió–. Sí. Vamos –dijo.

Se pusieron de pie, fueron al dormitorio a mirarse al espejo y a buscar el dinero y reaparecieron después en el patio, listas.

—Ya volvemos –dijo Miri.

Se encaminaron hacia la puerta, una hoja enana de alambre tejido, y Miri corrió el pasador produciendo un chirrido vivo y súbito. Pocha la seguía; desde la puerta se volvió a Barco:

—No sigas contando hasta que no volvamos –dijo.

—No –dijo Barco, con tono melancólico. Y después, a él, sonriendo, mientras oían los pasos de las chicas alejándose a través del pasillo hacia la calle–: Yo llamo intelectual al hombre que explota a su mujer y se disculpa diciendo que él piensa mientras ella trabaja.

Él no respondió, mirándolo con una sonrisa abstraída. Barco se puso de pie, estiró los brazos y fue al baño; él oyó el chorrito de agua cayendo sobre agua, después un silencio, y después el aluvión cambiante y apagado de la cadena, y enseguida, en el momento en que veía reaparecer a Barco, los gorgoritos producidos por el tanque comenzando a llenarse. Barco se aproximaba lentamente, en toda su firme estatura. Se detuvo, junto al fuego, se agachó sobre él y tomando el hierro que se hallaba a un costado removió las cenizas. No quedaba una sola brasa encendida: únicamente el sedimento suave de la ceniza y algunos carbones consumidos de un lado e intactos en el otro.

Él lo contemplaba desde donde se hallaba sentado. Respiraba el denso perfume vegetal de la noche. Más allá de la parra había un manzano gris y una estrella federal con sus rojas flores pasivas y grandes. En los patios de las casas vecinas se abrían viejos paraísos de copas densas y fuerte olor áspero. Daba gusto, en las noches, atar un coy a la columna que sostenía la parra y al manzano y dormir allí, balanceándose apenas, con el mismo ritmo de la noche, avanzando cósmicamente en esa disponibilidad del sueño al aire libre, acechado no tanto por el peligro como por la protección de la noche.

Barco vino hacia la mesa a sentarse en el sitio donde había estado sentado hasta un momento antes, y él se puso de pie como si hubiera estado esperando que Barco se sentara para hacerlo.

–¿De mañana o de tarde? –dijo Barco.

–¿Qué? –dijo él.

–El diario –dijo Barco.

–Ah –dijo él–. De mañana.

–Bueno –dijo Barco–. Podemos quedarnos despiertos hasta que te vayas al diario y después te dormís una buena siesta y listo.

–No sé qué hacer –dijo él–. Esto va para largo.

Barco rió, desviando la mirada, y continuó sonriendo enigmáticamente, un poco en pose. Comenzó a romper el paquete de cigarrillos vacío, tiró el celofán y la etiqueta y se quedó con el papel plateado. Empezó a alisarlo, sobre la mesa.

–Para largo –dijo, con una sonrisa de ángel malo.

–Tenés una forma tan sucia de razonar –dijo él, en un tono nostálgico, melancólico.

Barco alzó su copa de vino, dejando cuidadosamente el papel plateado sobre la mesa. Metió la mano en el plato de hielo. Sólo había agua fría y un poco sucia. Un trocito insignificante emitió un leve reflejo, flotando a la deriva, su dura transparencia confundida en el agua trasparente. Barco lo sacó del agua, lo miró, y lo echó dentro de su vaso. El trocito tintineó contra las paredes de vidrio.

–Admitimos que el hielo se derrita –dijo– pero no que nosotros debamos envejecer y morir. –Y después, mirándolo con una seriedad imparcial, condescendiente:– Sucia tu manera de interpretar mi pensamiento, también. Ninguno de los dos pasa de los veinticinco; hace diez que nos conocemos, hemos visto la parte más interesante del proceso. ¿Cómo dudar de que podemos prevernos?

—¿Se puede saber de qué estamos hablando? —dijo él, en voz un poco alta. Y agregó, bajando la voz—: Ahí vienen.

Los pasos de las chicas resonaban en el pasillo, hacia el patio. Se oían sus voces y sus risas apresuradas, crecientes también, a medida que sus pasos se aproximaban. Él estaba de espaldas a la puerta, de manera que se volvió cuando oyó el chirrido vibrante del pasador, y vio, detrás de la puerta, en una semipenumbra, las cabezas inquietas y ricas de las dos muchachas, la de Pocha espiando el patio por sobre el hombro desnudo de Miri, la de Miri inclinada con rápida dedicación a observar su mano corriendo el pasador. Después la hoja se abrió hacia adentro y ellas se colaron por la abertura, y Pocha se volvió para correr nuevamente el pasador, mientras el alto cuerpo de Miri, lento, sustancial y abundante (las altas caderas, la cabeza, el recio y secreto volumen de los muslos, ensanchándose hacia el origen abismal y pleno del pubis) se acercaba con lento paso hacia la mesa alrededor de la cual ellos habían estado matando el tiempo durante la mayor parte de la noche.

—Veinticuatro pesos para que los fumen los señores —dijo Pocha, viniendo desde la puerta, con el tono de una mujer que se siente satisfecha de ser explotada. Guarda —dijo. Arrojó sobre la mesa dos paquetes de cigarrillos, uno tras otro. Las envolturas de celofán produjeron en el aire dos rápidos reflejos, de una transparencia sin destellos. Él abrió un paquete y convidó a todos. Después buscó una caja de fósforos en su bolsillo y encendió su cigarrillo y el de Pocha. Miri fue a sentarse en las rodillas de Barco. Éste encendió su cigarrillo, tiró el fósforo, y le dio fuego de su cigarrillo al cigarrillo de Miri. Después le rodeó con el brazo la cintura y ella se echó sobre su hombro.

Él miró a Barco.

—¿Y la historia? —dijo. Barco lo miró, con el cigarrillo entre los labios, y un ojo cerrado, a través de la casi invisible columnita de humo que ascendía desde la brasa.

—Estábamos en que se había descubierto los efectos salvadores del disco —dijo Pocha.

–Sí –dijo Barco–. Me acordaba. –Suspiró hondamente, con gran seriedad, como si estuviera muy cansado, y después comenzó a sonreír con aire pensativo, agudo.– "Supongo que contribuirá a relajar mis nervios", me contó que le dijo al amigo en ese momento. Y que el amigo lo miraba sin comprender. Y que él estaba demasiado alterado como para que se le ocurriera explicarle cómo era la cosa. Dice que lo único que se le ocurrió decirle a su amigo fue: "Prestame ese dichoso disco por una semana". Y que el amigo dudó, sorprendido, pero que accedió a prestárselo por la sencilla razón de que ese pedido, aunque imprevisible y repentino, daba la pauta de por lo menos un mínimo interés de parte de él por el bendito anónimo que él había querido hacerle escuchar de una manera normal, tradicional, cuatro o cinco veces. Y que cuando estaba saliendo, me contó, mientras el amigo, confuso y como a punto de llorar, le envolvió cuidadosamente su joya, él le dio dos palmaditas en el hombro, diciéndole: "Quiero llevar una presunción al terreno de la experiencia", suponiendo que el amigo tendría con eso suficiente razón como para pensar: "Está loco. De remate".

"Dice que se llevó nomás el disco. Dice que llegó a su casa con su mujer, que no sospechaba nada del asunto, y que lo guardó con todo amor y cuidado en la biblioteca, en un cajón, bajo llave, esperando hasta el lunes para realizar la experiencia. Dice que el lunes, cuando no había nadie en casa, sacó el disco, puso a funcionar su victrola, y se sentó a esperar. El efecto fue inmediato, dice. Apagó la victrola, y después fue y se miró en el espejo. "Soy libre", me dijo que pensó. Y dice que después salió a ver el cielo, a caminar, y me confesó que lo encontró más luminoso y sereno que nunca. Al otro día haría sacar media docena de copias del disco. –Barco hizo silencio, pensando.

–¿Fue todo? –dijo Miri, moviéndose un poco sobre sus rodillas. Barco pareció no escucharla.

–Ahora bien –dijo. Y después, a Miri, como si recién

entonces hubiera advertido la pregunta, moviendo proviso-
riamente la cabeza–. No, no fue todo. Atención. Qué iba a
ser. Este hombre tenía una sirvienta. –Reflexionó, recordó.–
Cora –dijo–. Yo la conocía. Una chica del campo que vino a
la ciudad ya mayorcita. Buena presencia: terminan en el cabaret. Dice que al principio era una monada, pero que al poco tiempo empezó a ponerse remolona. Me parece comprender: "¿Con qué derecho (habrá pensado Cora) ellos
pueden gozar todos los días de la ciudad dándome a mí permiso una sola vez por semana? Ella no tiene (habrá pensado refiriéndose a la mujer de mi amigo) ni la mitad de lo
que yo tengo". No necesito explicar cómo son las mujeres:
en primer lugar tienen una gran facilidad para convertir la
duda en malevolencia. Además, la justicia la consideran
siempre a partir de necesidades personales. La verdad es que
razón no le faltaba, pero la última palabra sobre un asunto
así no debe darla un ser humano sino la Historia. Bueno. La
cuestión es que empezó a tirarse a la marchanta. Se le daba
permiso el domingo y volvía el martes. Yo la puedo imaginar pensando: "Soy libre. Puedo hacer lo que se me antoja";
deteniéndose en medio de la conversación con un amigo para pensar: "¿Qué dirá ella?", "¿Qué diría ella si me viera?",
"¿Habrá sido tocada alguna vez por unas manos como éstas?", sosteniendo entre las suyas las manos cuadradas y lentas de un aprendiz de gigoló, de un tipo bastante buen mozo y con bastantes vicios como para hacer carrera. Yo digo
que tendría que haber esperado la táctica de la Historia. Así
la libertad no se recibe, se conquista como un don del tiempo, y eso elimina dudas y remordimientos. Qué Cora. Es como si la estuviera viendo. Comiendo en la cocina. Bravo. Por
la puerta trasera; cuidado con esa sopa. Seguramente. Y ella
pensando: "Algún día este muchacho melancólico se va a de-
cidir", mezclando su pensamiento con una imagen burda,
simple: una mirada extrema y larga a la señora, casi de comprensión, como de cariño, y una sopera llena de sopa grasa
estrellándose contra el suelo. Ya saben cómo son esas damas:

se fastidian hasta de sus propias pulseras. Cora tenía razón, evidentemente.

”Bueno, el dichoso día tenía que llegar. Era nomás una cuestión de tiempo. Lo que sigue me fue contado por mi amigo. Dice que Cora salió el sábado, con permiso hasta el domingo, y que volvió el martes. El martes a la mañana, muy temprano. Parecía como si no se hubiese acostado, dice. Dice que ellos estaban tomando el desayuno cuando ella entró, y que ella saludó alzando la mano, muy familiarmente, y que se acercó a la mesa, miró a la señora, fijamente, por un momento, y que dijo: “¿Permite?”, sacando una tostada del plato. La mordisqueó apenas, con lentitud, con excesiva delicadeza. Mi amigo dice que él prefirió hacer como que no notaba nada raro, porque le parecía que ésa era cuestión entre mujeres, pero que llegó a sentir, sin alzar la cabeza, que su mujer respiraba muy hondo, una vez, dos veces, y que sin hacer comentarios, dijo: “Cora, vaya a limpiar la biblioteca”. Dice que Cora sonrió y dijo: “La biblioteca. Seguro”, y que volvió a sonreír y se fue pisando fuerte para la biblioteca. Dice que él estaba por empezar a decir algo a su mujer, no recuerdo qué cosa, cuando Cora reapareció por la puerta de la biblioteca. Traía un jarrón y un disco. “¿Empiezo por esto –dice que dijo Cora mostrando el jarrón y haciéndolo después pedazos contra el suelo– o por esto?”, repitiendo el trabajo con el disco. Seguramente el muchacho de manos lentas se había decidido. Dice que él había empezado a comprender casi a tiempo, pero que su comprensión fue lenta respecto de los movimientos de Cora. Porque dice que cuando empezó a decir, “¡Por lo que más quiera, el disco no, Cora!”, el redondel de pasta negra estaba perdido, y él ya lo sabía. Y lo sabía tan claramente que dice que ya en la mitad de la frase sintió deseos de no acabar de decirla, de estrangular a Cora y a su mujer sin hacer comentarios de ninguna clase. –Barco se calló, sonriendo. Miri se irguió un poco para mirarlo con extrañeza.

–¿Hay que extraer alguna conclusión? –dijo él.

Se puso de pie. Pocha reía y Barco sonreía satisfecho, como a la expectativa.

—Ninguna —dijo. Y después, rectificándose—: No, sí. Una: hay que elegir el camino más corto para llegar a la esquina.

Él se echó a reír. Se paseó con las manos en los bolsillos del pantalón. Pocha lo seguía con la mirada. Barco agarró a Miri del mentón, cariñosamente.

—Escribiría esta historia —dijo Barco.

—¿Por? —dijo él, mirándolo.

—Estoy teniendo ganas de escribir —dijo Barco—. No hago nada, salvo pensar. ¿No es una lástima?

—Necesitamos gente así —dijo él—. Así creamos personajes inteligentes sin necesidad de que sean escritores.

—Bien —dijo Barco—. Una manera de contribuir con la literatura es pensar sin escribir. Macanudo. Así se pueden crear personajes int... Muy bueno.

—Terminala —dijo él, con una sonrisa—. Ya has dado el golpe de gracia.

—Golpe de gracia —dijo Barco, haciéndose el tonto—. Un poema es un golpe de gracia. Golpe por la comunicación instantánea. Gracia queriendo decir belleza.

Pocha se movió un poco sobre la silla como si estuviera pensando dolorosamente.

—¿Y no habrá podido? —dijo. Todos la miraron, sorprendidos. Ella se calló. Bajó la vista, se miró las manos, y cuando se volvió hacia los demás, advirtió que los demás la miraban, aguardando todavía. No le quedó más remedio que despacharse.

—¿No habrá podido, digo yo —dijo tímidamente, cautelosamente— juntar los pedazos, y pegarlos, o algo así?

Estaba de pie, tocándose nerviosamente con la punta del dedo la patilla de los gruesos anteojos, la otra mano como una plomada en el extremo del brazo pegado al muslo, vestido de traje y corbata, la amplia frente brillante por el sudor persistente que se secaba de vez en cuando en un ademán autoconmiserativo con un pañuelo hecho una pelota arrugada y húmeda que sacaba torpemente de vez en cuando del bolsillo trasero del pantalón. Las chicas lo contemplaban inmóviles, con una curiosidad indolente, y él lo sabía, actuando no tratando de parecer desenvuelto sino por el contrario, confuso e intimidado, para disimular que esas miradas agudamente persistentes que a alguien menos vanidoso que él hubieran llegado a perturbar, a él le resultaban profundamente halagadoras.

Barco estaba de pie tocándole el brazo, pero el otro se hallaba sentado en la esquina de la mesa, mirándolo.

—León —dijo Barco—. Pocha, Miri. —Miró al otro.— Ustedes ya se conocen. —Y a León:— ¿Qué hacías?

—Nada —dijo León.

Él miró distraídamente la mesa.

—Tome una copa de vino —dijo, sin hacer ademán de servírsela.

—Gracias —dijo León, mirándolo.

Pocha se puso de pie.

—Siéntese —dijo.

León la miró.

—Gracias —dijo.

Se hizo silencio. Pocha quedó de pie, junto a la silla. Miri contemplaba a León sin hablar. Se oía el ruido de un coche que rodaba rápidamente sobre la avenida; la parra crujió levemente. Barco estaba junto a León. Éste dijo:

—Como me habías dicho que alguna vez viniera —sacó el pañuelo del bolsillo posterior de su pantalón, se tocó con la punta del dedo las patillas de los gruesos anteojos— y vi luz desde la calle, entré. Vengo del cine. Fui con Bedetti.

—¿Qué daban? —dijo él.

León lo tomó a mal. Lo miró y después miró a Barco. Después lo miró a él, dulcemente.

—Potiomkin —dijo—. En cine club.

—Ah —dijo él—. Potemkin.

—Sí —dijo León—. Es la quinta vez que la veo. Qué calor.

Pocha hizo unos gestos.

—¿Quiere tomar una copa de vino? —dijo.

—Tomaría agua fría —dijo León—. No tomo vino.

—Hay un poco de hielo en la cocina —dijo Miri, señalando la cocina con la cabeza.

—Dale soda, Pocha —dijo Barco—. Sentate, León.

—Gracias. Ya me voy —dijo León—. Prefiero agua.

—Agua, Pocha —dijo Barco a Pocha, que ya estaba en la cocina.

Pocha contestó desde la cocina algo que no fue entendido; se la oía golpear un trozo de hielo y después se oyó el tintineo de un trozo cayendo dentro del vaso. Después se oyó correr agua fría por la canilla de la cocina.

—¿Qué andás haciendo? —dijo Barco, entretanto. Y después—: Ah, sí. Potemkin es una obra maestra.

León hizo una mueca pedante.

—Sí —dijo—. Es buena.

Barco lo miró un momento sorprendido, sin parpadear. León apretaba el pañuelo húmedo y sucio en su mano rubia. Pocha apareció con el vaso de agua sostenido con el pulgar y el índice, el meñique púdicamente separado.

—No está fría —dijo a León, entregándole el vaso. Éste lo sostuvo y miró su contenido como con desconfianza. Bebió un trago y después comenzó a mover el vaso para que el hielo se derritiera más rápidamente.

—Gracias —dijo León.

Nadie habló. León recorrió todo el patio con su mirada dolorida. Después se bebió el resto del agua y le devolvió el vaso a Pocha, que esperaba a su lado.

—¿Cómo va esa política? —dijo Barco, palmeándolo.

—Bien —dijo León.

—¿Usted es comunista, no? —dijo él, mirándolo.

León se dignó mirarlo, distraído.

—Sí —dijo con resignación—. Soy comunista. Qué calor hace. ¿Nadie tiene un cigarrillo?

Sobre la mesa había un paquete. Él se apresuró a darle

un cigarrillo. León lo tomó como si se tratara de un hierro al rojo, con gestos de impotencia y sufrimiento. Barco se lo encendió. León echó una nubecita de humo.

—Gracias —dijo.

—¿Quiere sentarse? —dijo él. León lo miró, sin gestos, sin expresión, pero como si lo estuviera reprendiendo—. ¿Dónde fue que nos conocimos?

—En la Peña Echeverría —dijo Barco.

—Sí —dijo él, como si recordara—. Una vez fui a la Peña Echeverría. Parece un templo metodista.

León se rió por primera vez, mirándolo.

—Exactamente —dijo, sacudiendo las cenizas de su cigarrillo con deliberado descuido.

—Esos tipos que van a Europa y traen ideas nuevas —dijo él— siempre me han parecido de la peor calaña.

—Un poco como lo que yo decía de ir al sol para llegar a la esquina —dijo Barco.

—Sí —dijo él—. Algo parecido.

—No sé de qué hablan —dijo León. Y a él—: Las ideas son como herramientas: un martillo sirve para clavar un clavo sea Echeverría, Rousseau, Marx, usted o yo el que lo utilice, el año pasado, este año, ayer, en 1837, en Alemania, en Francia, en La Quiaca o aquí.

—Humedades —dijo él—. Las ideas surgen de cada realidad y no tienen ningún fin práctico. Usted las confunde con los métodos.

—Usted es el que las confunde, o las quiere separar, mejor dicho —dijo León, haciendo un gesto raro—. Bueno —dijo—. Esto explica las cosas que usted escribe.

—Gracias —dijo él, como con aire triunfal, aunque tocado.

León se apresuró a mirarlo.

—Prescindiendo de la calidad —dijo.

—Seguro —dijo él—. Prescindiendo de la calidad.

León dio una pitada a su cigarrillo, miró la brasa nerviosamente y después volvió a su expresión de insoportable sufrimiento. Barco lo miraba.

—Bueno —dijo León—, me voy.

—Bueno —dijo Barco. Y Pocha:

—Bueno.

—Encantado. Buenas noches —dijo León; se volvió lentamente hacia la puerta, acompañado de Barco. Era bajo y grueso; Barco caminaba servicialmente a su lado. Le abrió la puerta, inclinado, como haciéndole una reverencia. León salió sin mirarlo. Se oía el rumor apagado de sus suelas de goma cuando Barco cerró la puerta y se acercó a la mesa.

Esperaron hasta estar seguros de que León no regresaría. Entonces él sacó un cigarrillo del paquete y le pidió un fósforo a Barco. Éste encendió uno y tocó con la llama el extremo del cigarrillo. Él echó un poco de humo, carraspeando, sonriendo.

—Un tipo así —dijo— no va a ser nunca padre de familia.

Tocó el brazo de Miri, y ella lo miró, lentamente.

—Un poco más y está listo —gritó Barco desde el dormitorio. Y agregó, gritando—: La una.

Miri había dejado de mirarlo y él le dijo: "¿Me traés un poco de vino de la cocina?", y ella lo miró nuevamente, como si sonriera, y él le dijo: "Esta botella está vacía"; y ella se levantó lentamente, mirándolo como si sonriera, y se dirigió lentamente hacia la cocina. Sus hombros parecían sonreír, moviéndose. Sus altos tacones sonaban firmemente sobre el portland.

Él oía a Barco y la Pocha conversar y reír en el dormitorio. Después oyó una descarga de radio y la luz del patio se atenuó levemente. Oyó a Miri partir el hielo en la cocina. Se puso de pie y caminó hacia el dormitorio. Desde la puerta vio a Barco y a Pocha arrodillados junto a un aparato de radio y un tocadiscos. Sobre la cama había unos discos apilados. Barco lo miró sonriente y satisfecho.

—Falta poco —dijo. Pocha le tiró un beso y le hizo una mueca rápida. Volvió junto a la mesa, en el momento en que Miri regresaba de la cocina con un plato de hielo y una botella de vino blanco. Dejó las cosas sobre la mesa y después volcó el agua sucia del otro plato y llevó el plato a la cocina. Él la siguió. Ella abrió la canilla y dejó que el agua cayera sobre el plato. Él pensó un poco antes de hablar; después dijo:

—Podrías grabar la canción.

Estaba apoyado contra el marco de la puerta y miraba sus hombros, el pelo cayendo en un chorro vivo sobre la carne desnuda. Ella no respondió.

—Cuesta mucho —dijo él—. Pero eso no sería ningún problema. Vale la pena.

—Sí —dijo ella—. ¿Por qué no vas al dormitorio y le decís a Pocha que me alcance un repasador?

Él obedeció; con las manos en los bolsillos fue al dormitorio y se paró detrás de Pocha y Barco a mirar qué hacían. Barco atornillaba trabajosamente un enchufe y Pocha lo miraba a la expectativa, sosteniendo un cable en la mano. Él le tocó la espalda con la rodilla.

—Dice Pocha que le mandes un repasador —se corrigió—. Miri, digo.

—En el ropero —dijo Pocha, sin dejar de mirar el trabajo de Barco. Él fue al ropero. Vio su figura reflejada sobre la luna ordinaria. Acercó el rostro a la tersa superficie. Ahí estaba, el rostro ancho, el pelo negro, la mirada clavada en sí mismo. Ahí est... Recordó el repasador. Hizo una mueca a su propia imagen y abrió la puerta del ropero; rebuscó entre los trapos planchados y encontró un repasador. Al cerrar la puerta del ropero eludió mirarse.

—Los únicos defectos que uno puede ver en los demás —dijo al pasar— son los que les proyecta. —Saliendo, oyó a Barco gritar, distraído:

—Bravo.

Miri estaba secando el plato con otro repasador.

—No importa —dijo—. Hace falta para después.

—¿Dónde lo pongo? —dijo él, con aire prescindente.

—Dámelo —dijo Miri.

Él se lo dio, mirándola. Ella pareció no darse cuenta.

Fue y dejó el repasador en el extremo del fogón. Mientras lo dejaba, de espaldas a él, dijo:

—Dame vino.

Él fue, echó hielo en dos vasos, después echó vino y fue para la cocina. Miri regresaba ya al patio. Él le dio uno de los vasos y ella tomó un largo trago. Él la miraba. Miri fue y dejó el vaso sobre la mesa. Él recordó que tenía el suyo entre las manos y bebió un trago.

—No sé si quedarme —dijo, sintiendo el vino frío que descendía hacia su estómago— o irme.

Miri contemplaba la parra.

—Como quieras —dijo, distraída.

Él dudó un poco.

—Miri —dijo.

Ella se sentó, de golpe.

—Dame fuego —dijo.

No tenía; fue y le pidió a Barco. Barco le entregó la caja de fósforos sin decir una palabra ni volverse a mirarlo, entusiasmado con el destornillador y el enchufe; Pocha lo miraba hacer, con la boca abierta. Él regresó con la caja de fósforos; Miri tenía un cigarrillo entre los labios y miraba la parra, el cielo, el rico tejido de hojas y racimos pesadamente entrecruzado una y otra vez sobre su cabeza sesgada en el aire oscuro. Encendió un fósforo y lo aproximó al extremo del cigarrillo. Miri inclinó la cabeza hacia la llama, sosteniendo entre los dedos el cigarrillo. La otra mano descansaba sobre su falda. La llama iluminó una mitad de su rostro: él vio, especialmente, en un relámpago, el suave vello rubio cercano a la oreja, un leve rictus de la boca, y el transparente hundimiento de la parte superior de la mejilla; vio los dedos: largos, finos, llenos de estrías que el resplandor de la pequeña llama amarilla evidenciaba. Una parte del pelo reflejó con rapidez la llama y él oyó el casi inaudible primer crujido del tabaco al quemarse, y aguardó hasta que ella espirara por primera vez, arrojando un poco de humo por la nariz y la boca, para retirar la llama que tembló un poco ante la leve ráfaga de aire emitida. Su temblor creó un rápido juego de luces y de sombras en el rostro de Miri.

Él sacudió el fósforo, apagando la llama, y lo arrojó lejos, hacia el manzano fundido en la penumbra; después tomó vino.

—Pienso modificar un poco la música —dijo Miri. Después calló, y él advirtió que ella estaba a punto de decir algo, que pensaba algo, tratando de retenerlo y comprenderlo, organizándolo para expresarlo, y él lo advertía en esas leves inflexiones de la amplia frente, en un temblor de los labios. Esperó que lo dijera pero ella no lo dijo.

—¿Qué pensabas? —dijo él.

—En nada —dijo ella—. Pienso viajar a mi pueblo la semana que viene.

—¿Por? —dijo él.

—Por nada —dijo ella. Fumó una larga pitada—. Tengo ganas.

Él dudó un poco; después dijo:

—Los seres humanos tenemos una manera particular de ser animales. Lo hacemos tratando especialmente de ser humanos.

Ella lo miró.

—¿No te cansa esta vida? —dijo.

Él sonrió, suspiró, y después se dejó caer sobre una silla; estiró las piernas y se metió las manos en los bolsillos del pantalón.

—¿Es eso lo que venís pensando desde hace un mes? —dijo, con aire satisfecho.

—No —dijo ella—. No es eso.

Él sacó un cigarrillo del paquete que estaba sobre la mesa y le pidió fuego; ella estiró la mano con el cigarrillo; él agarró la mano y acercó la brasa al extremo de su cigarrillo, torpemente.

—Tengo mucho vino encima —dijo.

Se oyó una descarga de radio proveniente del dormitorio y después las risas y las voces creciendo, y el taconeo aproximándose y el comienzo incierto y gutural de un tango. Pocha apareció en el patio y fue a tirarse encima de él.

—¿Bailamos? —dijo. Miri la miró. Desde el dormitorio se oía la música, atenuándose y creciendo su volumen, como si Barco estuviera tratando de hallar el punto justo.

—Un momento —dijo él, dándole un beso en la oreja. Miri se puso de pie y fue al dormitorio. Pegado a la mejilla de Pocha, que estaba sentada sobre sus rodillas, él la vio alejarse. Barco seguía maniobrando con la perilla del volumen ya que la música ascendía y disminuía. Miri entró en el dormitorio y el sonido se estacionó, demasiado bajo. Se oía el murmullo de las voces de Barco y Miri entre la música atenuada. La mano de Pocha sostenía su nuca. Él la besó en el cuello, rodeándole la espalda con los brazos. Después gritó, al dormitorio:

—Más alto. —Y a Pocha, en el oído:— Vamos a bailar.

Pocha saltó a tierra y él oyó al ponerse de pie que la música, entre las voces confusas y distintas de Barco y Miri, aumentaba su volumen. Sacó los vasos de la mesa y se los dio a Pocha; se guardó el paquete de cigarrillos en el bolsillo del pantalón y puso el plato con hielo en el suelo, junto a la botella de vino. Después alzó la mesa y la llevó cerca del manzano, dejando espacio para bailar; después corrió también las sillas, mientras Pocha dejaba uno a uno, con sumo cuidado, los vasos sobre la mesa; estaba entre ellos el que León había usado para tomar agua.

—¿Qué quisiste decir —dijo Pocha, dejando el vaso de León sobre la mesa— con eso de que nunca iba a ser padre de familia?

—Nada —dijo él, agachándose a recoger con sumo cuidado el plato de hielo que había formado ya un poco de agua. Sosteniéndolo, con gran cuidado, con las dos manos, por los bordes, fue caminando lentamente hacia la mesa, deteniéndose junto a ella depositando lentamente el plato de hielo. Pocha fue a buscar la botella y la trajo a la mesa. La depositó de golpe, golpeando su base contra la tabla, y quedó con la mano en el pico, pensativa.

—No me gusta ese tipo —dijo después, colgándosele de los hombros. Él la miró, muy de cerca, casi pegada a su nariz, los ojos grandes y brillantes, la boca gruesa, la nariz recta como de un granito revestido de laca. Sonriendo le tocó el pelo.

—Eso es lo que yo quería decir —dijo.

El tango terminó y sólo persistió en el aire un rítmico ruido a púa; él alzó la cabeza hacia el dormitorio, tratando de oír. Barco asomó su cara sonriente por la puerta del dormitorio.

—Centroamérica —dijo, y desapareció.

Pocha se rió y lo pellizcó en la mejilla.

—Vamos al dormitorio —dijo él.

Fueron, pero él se detuvo en la puerta, mirando el interior. Barco estaba agachado junto al tocadiscos, pasando un trozo de gamuza amarilla a un disco. Miri estaba echada sobre la cama, el antebrazo bajo la nuca y una mano en el vientre, la pollera un poco subida mostrando las duras rodillas, las brillantes y duras pantorrillas. Pocha entró y se inclinó sobre Barco tratando de leer por sobre su hombro la etiqueta del disco. Barco reía; puso el disco sobre el plato de felpa y al levantar la lanza de la púa el plato comenzó a girar. Después depositó la lanza de baquelita sobre el borde del disco; el aparato de radio dejó oír una descarga y un chirrido persistente; Barco empezó a maniobrar con las perillas buscando el tono apropiado y graduando el volumen. Miri se incorporó y quedó apoyada sobre los codos, mirando a Barco. Por fin la radio dejó oír un cha-cha-cha, o algo parecido. Una mujer cantaba en la jerga de los negros y su voz era acompañada por una música aguda, rápida, estruendosa. Pocha golpeó las manos y se vino bailando sola hasta el medio del dormitorio. Adelantaba un pie, bamboleaba el cuerpo, detenida, y después retiraba el pie y adelantaba el otro; después los cruzaba hacia los costados moviendo el cuerpo desde las caderas hacia arriba, una mano descansando sobre el vientre y la otra estirada hacia un costado, como si estuviera por bailar con otra persona; Barco y Miri golpeaban las manos, y él sonreía. Entonces Barco se vino hasta el centro de la habitación, y Miri lo siguió, rápidamente, levantándose de un salto de la cama; Barco se puso delante de Pocha y empezó a bailar suelto con ella. Movía los brazos y los pies siguiendo el ritmo de la música, pero sin hacer mucho caso de su propia coreografía; sonreía con expresión de exhausto entusiasmo. Miri golpeaba las manos y él comenzó a hacer lo mismo. Después Pocha estiró los brazos, parodiando un éxtasis, y se aproximó al espejo. Allí empezó a fingir como rivalidad en el baile con su propia imagen: remedaba sus movimientos y le hacía muecas. Barco se había detenido y la miraba, doblado por la risa. Miri seguía golpeando las manos. Siempre bailando, con ese juego de adelantar un pie, bambolearse rígidamente, retirar el pie y adelantar el otro, Pocha hizo un gesto de desprecio a su propia imagen y se volvió hacia él, bailando. Él sonreía, viéndola acercarse, indeciso. Cuando estuvo a medio metro permaneció, allí, bailando; al ir hacia adelante en su bamboleo, él podía sentir su respiración, entre el estruendo vivo de la música y el clap-clap infernal y rítmico de los aplausos y podía ver con nitidez su rostro resaltando entre las caras sonrientes moviéndose detrás; su rostro: la ancha y concentrada sonrisa, las mejillas ardientes, encendidas por un fuego casi rosado, la frente y la parte superior de los labios llenos de un sudor tibio, las orejas estrictamente recortadas sobre el pelo oscuro. Y sus miradas: fugaces, cambiantes, volviéndose a veces al propio cuerpo que las generaba para extraer de él el máximo posible, la evidencia incontrovertible de una existencia dispuesta a todo, capaz de todo.

La música cesó, de golpe, y Pocha cayó en sus brazos, respirando, jadeando, la piel caliente y trémula, despierta y voraz como un organismo vivo, húmedo. Él lo asoció mecánicamente a otra vez en que ella había caído sobre él, llorando: la misma fatiga física, el mismo desamparo.

Miri y Barco iniciaron un griterío. Pocha se volvió, entornó levemente los párpados, se tomó delicadamente la pollera, y después hizo una breve reverencia, entre aplausos. El disco continuó con un bolero. Cuando Pocha se irguió después de la reverencia él la tomó por los hombros y la llevó al patio. Ella caminaba lentamente a su lado. Le sacó el pañuelo del bolsillo y se secó el sudor. Después lo miró y lo detuvo tomándolo del brazo y obligándolo a inclinarse para secarle el sudor de la frente y el cuello. Él la dejó hacer. Después ella volvió a guardarle el pañuelo en el bolsillo. La llevó hasta la mesa, le sirvió un vaso de vino y echó dentro de él un pedazo de hielo. Pocha tomó un trago, mirándolo por encima del vaso; él alzó su vaso y tomó un trago.

—Miri piensa ir a su casa la semana que viene —dijo.

—Sí —dijo ella—. Yo también.

—Bien —dijo él, sonriendo—. ¿A qué?

—Cambio de aire —dijo ella.

—Ah —dijo—. Muy bien. Buena medida. Aire de familia, supongo.

El rostro de Pocha se ensombreció, pero después volvió a iluminarse, más intensamente, y ella lo miró con una sonrisa triunfalmente malévola.

—Aire —dijo.

—Así es —dijo él, como si hablara con un tercero—. Simplemente aire.

—Esto no tiene ningún sentido —dijo Pocha.

—Por supuesto. Ninguno —dijo él.

—Me has llenado la cabeza de malas ideas —dijo Pocha, sonriendo. Lo tomó de la camisa y lo zamarreó levemente—. Tengo miedo de que un día de éstos me empiecen a pedir cuentas de lo que he hecho.

Él imitó los gestos de Barco.

—Un buen estudiante, padrecito —dijo—. Dos hachazos, padrecito. Graduación mes próximo manden dinero cariños Pocha. —Dejó de sonreír.— Nosotros esperamos. Los otros van al cine, a las confiterías y a la milonga. Esperan de esa manera y sienten un malestar en la nuca, al acostarse, y un malestar en el estómago, al levantarse. Nosotros estamos vueltos hacia nuestra propia expectativa. Cariños Pocha –dijo.

Pocha lo miró dulcemente.

–Nosotros tenemos aserrín en la cabeza –dijo.

Él la miró.

–Va aserrín mes próximo manden dinero cariños Pocha –dijo–. Somos una manga de atorrantes. Te voy a decir una cosa, confidencialmente: no estamos en condiciones de hacer nada, salvo ir al cine, a la confitería y a la milonga. La tranquilidad es un compás de espera. Ah. También la costanera, los domingos.

Ella lo miraba sonriente, acariciando su vaso frío lleno de rubio vino frío.

–Dirás que para qué escribo mi novela –continuó diciendo él–. Bueno. No sé. Dirás que para qué me pongo agresivo con un comunista. No sé. Que para qué tomo vino, trabajo, bailo y como. Bueno, te digo: no sé, no sé, no sé. Dirás literatura. Posiblemente. Casi seguro. Valdría la pena, creo, sin embargo, configurar una existencia dedicada al crimen para tener una mínima solvencia ante la imbecilidad. Quisiera que estuvieras, algunas veces, un segundo dentro de mí: es como si el cráneo me quedara demasiado grande y el cerebro anduviera dándose golpes contra los parietales y resonando dentro de mi cabeza.

Él sonrió; ella lo miraba seriamente. Él estaba por continuar pero Pocha le dio rápidamente un beso en los labios para impedírselo.

–¿Vamos a la playa mañana? –dijo Pocha.

Él la miró.

–Mañana tengo que dormir –dijo–. He tomado mucho vino.

Se distrajo y oyó la música, y nuevamente las voces leves y aplomadas de Barco y Miri, charlando en el dormitorio. Entonces advirtió que bailaban, ya que había estado oyendo todo el tiempo los pasos arrastrados y lentos sobre el piso de mosaicos, el cerebro arrastrándose con ruido de pasos lentos sobre los parietales.

—Sí –dijo Pocha, con un aire de mustia y delicada resignación–. Hemos tomado mucho vino.

El bolero terminó. Barco y Miri salieron al patio, de la mano, él arrastrándola con entusiasmo. Cuando llegaron comenzaba a oírse una rumba. Cantaba nuevamente la mujer de la primera grabación, pero con una voz más delicada, más íntima: era como si hubiese regresado a su propia naturaleza.

—Ahora bailo con ella –dijo Barco. Tomó a Pocha de la mano y la tiró violentamente hacia él; ella trató de mantener el equilibrio pero no lo logró, parada sobre un pie, un brazo extendido hacia atrás como un espadachín, cayendo por inercia en brazos de Barco. Quedó en ellos, riendo. Barco miró a los otros, haciendo un gesto de resignación.

—No tiene una tradición que la sustente –dijo.

Él se rió, sorprendido. Barco y Pocha comenzaron a bailar. Dieron unas vueltas muy lentas, pegado uno al otro, y penetraron en el dormitorio. Él los observó en silencio, mientras trasponían la puerta del dormitorio cuya abertura arrojaba un trapezoide alargado de luz sucia sobre el patio, alumbrado apenas por la luz sucia del farol clavado en el muro.

—Vamos a bailar –dijo él, a Miri.

Ella lo enfrentó, distraídamente.

Él se puso muy cerca de ella, vacilando un segundo todavía, cerca de ella tocándola con las rodillas ya no muy firmes, por un segundo todavía detenido e inserto en la noche de gestos confusos. Estaban cerca uno del otro en una lentitud tan similar que se diría existían por la misma respiración, asimilados en una incongruente simbiosis. Entonces él puso primero su mano sobre la alta cadera y después le tomó la mano dejándola allí mismo donde la había tomado, contra el muslo de ella, los dedos entrecruzados fuertemente en un contacto vivo, como de microorganismos. Después la mano de la cadera se deslizó trabajosa y lentamente hacia la espalda y oprimió el gran cuerpo accesible hasta que todas las salientes, las sufrientes colinas de altura y formas diversas que la memoria y la experiencia soportaban día a día con la misma indolencia heroica, se tocaron, de pronto. Él tocaba con las rodillas duras, de una piedra débil, las piernas tirantes y calcáreas del alto cuerpo; los senos tirantes de ella se disolvían contra su pecho. Y abajo, los vientres animales y secretos provistos de su propio orden y de su propia respiración, concéntricamente arenosos y blandos jugaban una especie de beso inerte allá abajo, una especie de marasmo de caricia, idiota y revuelta. Las mejillas repitieron el beso de los vientres, tocándose no ya por la piel misma, sino por una especie de rescoldo que la piel irradiara. Él dio el primer paso sin oír la música, cerrando los ojos, en una oscuridad móvil, moviéndose en algo que no era el espacio sino su presentimiento, hacia algo que no era el tiempo sino su propio deseo principalmente pasado, arrojado a ese movimiento fugaz de su cuerpo invadido por un oscuro abandono. Parecía como si respiraran por esa música que no llegaban a oír. Abrió los ojos; vio la delicada oreja indiferente, y una porción del pelo, brillante. Más cerca todavía vio un rasgo de piel monstruosamente confusa y en todas las mínimas reiteraciones de ese cuerpo lento y accesible él advirtió una rica vivacidad secreta y también una secreta lejanía, una noción nueva y todavía oscura de los seres.

Pero, volviendo, ahí estaba: llena de perfectas circunvoluciones, apenas capaz de advertir una mano posada sobre ella, persistentemente penetrada por la corriente viva no escuchada aunque obedecida de la música; ahí estaba como un chiche complicado, fácil de romperse, girando sobre sí misma hacia el organismo oscuro de la audición, cuya perfecta imponderabilidad e impalpabilidad como un diamante pequeño, alerta y trabajado, en el fondo de un pozo, del que sólo se percibiera lejanamente el resplandor, que él podía aceptar pero no confirmar en esa experiencia inmediata que era su proximidad. Y el suave pelo rodeándola, cerca de su boca: como conchas tejidas, ensimismadas, rodeándola con su aluvión suave, brillante.

Pudo sentir el movimiento de los cuerpos; las piernas jugando, duras, abajo, y vio primero el manzano, en un giro, su copa oscura fundiéndose en la clara noche, y vio después el farol empotrado en la pared; se detuvo allí. Dio un paso regresando, bailando, y vio nuevamente el manzano reiterándose en el espacio, y después la mesa, las copas llenas de reflejos sobre ella, y el muro de ladrillos que separaba el patio de la casa vecina. Siguió hasta dar la vuelta completa, comenzando a sentir el peso del otro cuerpo palpitante: y como naciendo una en otra vio la puerta del pasillo y la puerta del dormitorio un poco más allá, como si todo el trecho de muro y pared que las separaban hubieran sido una convención, una necesidad de ellas mismas, tan irreales y arbitrarias que él habría podido atravesarlas bailando, moviéndose, sin darse cuenta.

Oyó, de pronto, la música. Sintió la otra piel sobre su piel; cerró los ojos pero aquello no era más que una tiniebla intolerable. Los abrió nuevamente, rescatado por los pies, los vientres, los pechos, las mejillas; vio el manzano y detrás, delante, vio la noche. Oyó la respiración de Miri.

—Refresca —dijo.

Miri se echó hacia atrás, mirándolo.

—De veras —dijo, como sorprendida.

La rumba terminó, y también el disco. Barco vino con Pocha desde el dormitorio. Venían caminando lentamente, hablando, como tratando de terminar rápidamente una conversación.

—Tomemos vino —dijo Barco. Los cuatro se aproximaron a la mesa.

—Es hora de que empecemos a irnos —dijo él.

Nadie hizo caso. Pocha rodeó la mesa y fue a pararse entre él y Miri.

—Es hora de que bailemos —dijo.

—Seguramente —dijo Barco, apurándose a beber el contenido de su vaso y yéndose después al dormitorio; Miri se fue tras él. Un momento después comenzó a oírse una música lenta, estirada.

Él y Pocha comenzaron a bailar, bajo la parra. Refrescaba.

—¿Qué hora es? —dijo él.

—Cerca de las dos y media —dijo Pocha.

Estaban pegados uno al otro, deslizándose lentamente. De pronto estuvieron ante la ventana del dormitorio. Barco y Miri estaban abrazados frente al espejo del ropero, sin hablar. Barco los miró.

—Hola —dijo. Él llevó a Pocha lejos de la ventana. Bailaron hasta que la música lenta terminó. Se quedaron ahí, abrazados. Él vio, con los ojos muy abiertos, por sobre el hombro de Pocha, la luz sucia del dormitorio emergiendo a través de la ventana y de la puerta. Se oían el rasguido interminable de la púa y las descargas intermitentes de la radio. Oyó unos pasos rápidos en el dormitorio. El ruido y las descargas cesaron. Después oyó el ruido de la puerta (la hoja pintada de ocre sucio avanzando) y la luz sucia que emergía de la abertura desapareció. La ventana permaneció abierta, arrojando su luz sucia al patio en medio del silencio. Él oprimió el cuerpo de Pocha y cerró los ojos. Cuando volvió a abrirlos, advirtió que la luz del dormitorio se había apagado.

La brisa de la madrugada, discretamente agradable, daba en su rostro y él alzaba y bajaba la cabeza como gozando su peso y su capacidad de movimiento. Barco caminaba a su lado, tan lentamente como él. Eran más de las cuatro.

—Tengo hambre —dijo Barco. Su voz sonó grave.

Él movía la cabeza lentamente, con las manos en los bolsillos.

—¿Sí? —dijo.

Barco lo miró; sin volver la cabeza hacia Barco él lo advirtió, calmosamente, casi satisfecho de que Barco lo hubiese mirado.

—Así es —dijo Barco, sin dejar de mirarlo, como si lo estudiara, o esperara observar una reacción en él, o algo así. Llegaron al bulevar. Había dos taxis en una parada. El cielo estaba ligeramente más claro en el Este.

—Hay un lugar donde me fían —dijo él.

—Ya sé —dijo Barco—. En eso estaba pensando. De paso vemos el río.

Caminaron más de veinte cuadras, hasta el puente. No hablaron casi durante el trayecto. Él, a veces, se limitaba a comentar el día próximo, el mes próximo, el invierno próximo. Barco lo escuchaba en silencio, y después, cuando él se hubo callado, habló de la noche pasada. Estuvieron casi media hora sobre la plataforma del puente colgante, donde soplaba una brisa más intensa, más fría, oyendo el incesante murmullo del agua. Entre los hierros y los cables, y el olor a humedad pútrida de la ribera, sus corazones latían silenciosamente, como en rítmicas ráfagas de tiempo, con un ritmo secreto y antiguo. Llegaron a sentir frío. Regresaron. Debían bajar tres cuadras por la costanera, hacia el centro, por el lado del club de regatas, para llegar al restaurante. Era un lugar instalado recientemente, con mesas y sillas de todos colores.

Entraron. En una mesa, junto a la ventana, estaba León, solo, comiendo pollo con arroz. Tomaba agua. Ellos se detuvieron junto a la mesa.

—Siéntense —dijo León. Siguió comiendo. El mozo, un hombre de edad, pequeño y delgado, en mangas de camisa, se aproximó y él le habló en el oído. El mozo hizo un vago gesto afirmativo. Ellos pidieron arroz con pollo y una botella de vino blanco. El mozo se alejó. León no decía una palabra, más bien comía con expresión dolorida.

—No falta mucho para que amanezca —dijo Barco.

Él suspiró. Estaba rendido. Después miró a León, que comía inclinado sobre su plato.

—Barco —dijo—, ¿qué sentido tiene la vida?

Barco abrió los ojos y la boca, sorprendido. Después lanzó una carcajada.

—¿La vida? ¿Sentido? ¡Muchacho! —dijo, riendo. Miró a León. Éste había dejado de comer y lo miraba, aguardando. Barco se quedó súbitamente serio. Hizo un gesto de asombro, que fue desvaneciéndose lentamente de su rostro. Después lo miró a él y a León, que lo miraban. Abrió los brazos y los palmeó a los dos—. Ninguno, por supuesto —dijo.

ÍNDICE